Borboletas na chuva

Neusa Sorrenti

Ilustrações
Lúcia Brandão

Borboletas na chuva

1ª edição

Copyright © Neusa Sorrenti, 2012

Gerente editorial: ROGÉRIO CARLOS GASTALDO DE OLIVEIRA
Editora-assistente: KANDY SGARBI SARAIVA
Coordenação e produção editorial: TODOTIPO EDITORIAL
Preparação de texto: FABIANA PELLEGRINI
Auxiliar de serviços editoriais: FLÁVIA ZAMBON
Estagiária: GABRIELA DAMICO ZARANTONELLO
Suplemento de atividades: LIA D'ASSIS
Revisão: LEONARDO ORTIZ MATOS e RAÍSSA NUNES COSTA
Produtor gráfico: ROGÉRIO STRELCIUC
Gerente de arte: NAIR DE MEDEIROS
Projeto gráfico e capa: DANIELA ROCHA
Impressão e acabamento: FORMA CERTA GRÁFICA DIGITAL
Codigo da OP: 286245

Dados Internacionais de Catalogação na Publicação (CIP)
(Câmara Brasileira do Livro, SP, Brasil)

Sorrenti, Neusa
  Borboletas na chuva / Neusa Sorrenti; ilustrações Lúcia Brandão — São Paulo; Saraiva, 2012. (Coleção Jabuti).

  ISBN 978-85-02-17193-0

1. Ficção — Literatura infantojuvenil I. Brandão, Lúcia.
II. Título. III. Série.

12-06649   CDD-028.5

Índices para catálogo sistemático:
1. Ficção: Literatura infantojuvenil 028.5
2. Ficção: Literatura juvenil 028.5

10ª tiragem, 2025

Direitos reservado à
SARAIVA Educação S.A.
Avenida das Nações Unidas, 7.221 – Pinheiros
CEP 05425-902 – São Paulo – SP
www.coletivoleitor.com.br

Tel.: (0xx11) 4003-3061
atendimento@aticascipione.com.br

CL: 810235
CAE: 571424

A *notícia da morte trágica do Joel,* quatro anos após ter partido com a mãe para morar na capital paulista, causou surpresa na cidade. E uma dúvida diante da reação discreta e até silenciosa da família da Stella. Afinal, Joel era amigo do irmão dela, Germano, colega de infância. No entanto, todos conheciam a tendência dele para se meter em confusão. Esta história que vou contar é comprida e se mistura a muitas outras. Parece mais um rolo emaranhado de barbante que vai se desenrolando morro abaixo, deixando à mostra alguns nós.

Ninguém sabia direito por que o tio Renzo, tio da minha amiga Stella, tinha aquele jeito distante, enviesado mas ao mesmo tempo carinhoso de olhar as pessoas. Zarolho ele sempre foi. Mas aquele verde azulado que inundava seus olhos, aquela expressão de dúvida, ninguém sabia se era de desencanto com alguma coisa mal resolvida dentro dele ou se era charme mesmo. Quem é que sabe, quem é que pode saber...

Tio Renzo acompanhava os fios do tempo até onde era possível alcançar. Porque a vida é costureira: corta, alinhava, costura, desmancha, conserta, costura de novo, arremata os fios, esquece uns soltos.

Eu era grudada na Stella e pra mim ela contava tudo. Que o pai, Rodolfo, andava muito calado; que a mãe, Maria Marta, às vezes parecia uma maria vai com as outras, daí o apelido

M. M., isto é, Mosca Morta; e que o Germano estava cada vez mais bagunceiro e atrelado a péssimas companhias.

Vou contando devagar pra não perder o fio da meada. Morávamos numa cidade pequena muito boa de se viver, mas meio atrasada. Tínhamos o costume de contar potoca por horas e horas; brincar de fazer bordado com espinho de laranjeira em folhas de laranjeira ou de taioba; fazer guisado de legumes em panela de barro; ir ao circo ou ao parque de diversões quando vinham à cidade. Os divertimentos eram mais ou menos desse tipo.

O melhor do circo ou do parque é que tínhamos um passe "permanente" pra assistir de graça ao espetáculo ou ir nos brinquedos. Isso porque o pai da Stella trabalhava em repartição pública. Ganhava uma mixaria, mas essa moleza ele tinha.

Nós disputávamos a tapa esse passe com o desesperado do Germano, que se achava o maioral. O tio Renzo, que eu chamava de tio também, sempre entrava no meio da briga e separava os dias em que cada um podia usar o passe. Com isso, as letras na cartolina do bendito permanente iam ficando cada vez mais apagadas, quase irreconhecíveis.

— Tenham dó, brigar por causa de circo e de andar de carrossel? Tenham santa paciência!

Ele falava coçando a ponta da orelha direita, onde dava muito cravo e espinha, que a Stella adorava espremer.

Quando a gente tem uma amiga muito das amigas, parece que a história dela é a da gente, sem tirar nem pôr. Fiquei muito enciumada quando a Stella fez amizade com a Soraya (assim com ípsilon) e passou a não dar mais muita bola pra mim. A Soraya trabalhava num circo que chegou certa vez à cidade.

O Circo Irmãos Elias montou sua lona perto de casa, num terreno vago da prefeitura. O padre Geraldo, nosso chapa e também vizinho, adorava circo ruim. Dizia que, quanto mais remendo tinha a lona, melhor era o circo.

A Soraya era trapezista e quase da nossa idade. Foi ela que nos ensinou a brincar de barriga de sapo no galho da mangueira. A gente embolava a saia do vestido dentro da calcinha, ficava parecendo um calção bufante, o maior luxo! Depois era só prender os pés e as mãos no galho, e fazer um arco com a barriga. Ficava mesmo parecendo um sapo. Umas sapas rindo à toa, feito gente boba.

Tio Renzo falava que gente boba mesmo era quem achava canivete na rua! Nós nunca achamos. Só uma vez achamos uma nota toda amassada, feito dinheiro de bêbado. E quem sabe se não podia até ser do tio Renzo?

A gente tinha inveja da Soraya, porque, além de ser artista, ela dava notícia, fazia propaganda e oferecia música no alto-falante do circo: "Raimundo oferece este bolero, com muito amor e carinho, pra alguém e esse alguém sabe quem!".

Aí começava a chiadeira do disco e a gente rachava de rir na cabine de tábua.

Uma vez, o Germano fez ferver o sangue da Stella, debochando e espalhando que ela queria ser "matriz" de cinema. É porque ela havia falado bem rápido "uma atriz de cinema". Que ódio! Tudo era motivo de deboche. Ela correu até o pai e disse que queria ir embora com aquele circo e não voltar nunca mais.

— Ô filha, você ainda é tão pequena, entrou na escola agora. A vida de circo é muito sacrificada. Não tem cama direito, banheiro nem se fala, os artistas ficam andando de um lugar para o outro. O período escolar fica todo partido com essas mudanças de uma cidade pra outra! E eu? Como vou viver sem a minha urubuzinha do coração?

Ela pensou bem e percebeu que fugir com o circo não ia resolver nada. Para vingar o irmão, enterrou no canteiro de couve umas bolinhas de gude, das grandonas, daquele songamonga do Germano Cara de Pano (ele odiava ser chamado assim). Ele procurou até dizer chega, mas nunca encontrou. Um crime perfeito.

Tirando essas bobageiras de inveja e de ciúme da Soraya, eu e a Stella conversávamos muito. Até porque circo não é eterno. Assim como veio, vai embora e sabe-se lá se um dia volta.

Vou contar quem era o tio Renzo. Pra começar, era solteiro, desimpedido e bem bonito. Diziam que tinha sido noivo, mas que a noiva, Celeste, tinha deixado ele por causa de um comerciante rico da capital. Mas isso não vem ao caso agora. O certo é que o tio Renzo, irmão de seu Rodolfo, era bem legal, muito educado e gostava das coisas tudo nos conformes.

Quando ele trabalhava na capital, trazia boneca, caixinha de lápis de cor e caderno de desenho pra nós. Na caixa de lápis tinha mais de um tom de verde, de azul, de vermelho, até aqueles tons clarinhos, apagados, sem graça, que não se destacam na folha branca. Para o Germano, o tio Renzo trazia álbum de figurinhas, revista em quadrinhos, jogo de futebol de botão e bola de futebol. Quando os presentes ficavam muito desequilibrados, ele dava um dinheiro pra gente gastar com o que quisesse e parar de reclamar.

Tio Renzo tinha mania de cinema e contava casos de filme de pirata, de faroeste, de heróis romanos e de uns artistas engraçados, como Cantinflas, Mazzaropi e Charles Chaplin. O Chaplin quase todo mundo conhece, porque ainda passam filmes dele ou é lembrado, por estar em desenhos ou caricaturas.

Todos gostavam do modo como o tio Renzo contava histórias. Ele sabia prender a atenção. Fazia suspense, descrevia o cenário e as personagens e dava um fecho inesquecível. Por isso, era até chamado pra contar histórias em hospitais, pra pessoas doentes. Mas uma coisa era certa: tio Renzo não tocava em doença. Só contava os casos. Quanto mais grave a doença, mais divertida a história.

Tio Renzo, contava M. M., trabalhava num escritório de contabilidade quando morava na capital. Fazia contas muito bem, na ponta do lápis ou na máquina de calcular, e ainda sabia datilografar com todos os dedos. Se naquele tempo tivesse computador, seria um "fera".

Mas a decisão da Celeste, a ex-noiva do tio Renzo, acabou tirando a coragem dos piratas e dos heróis e descolorindo o riso dos artistas, até o daqueles comediantes, que já eram em preto e branco mesmo. Ele largou a mania de ir ao cinema, largou o emprego, ficou largado de tudo, e esse exagero da palavra "largar" é pra mostrar o estrago que a dor faz com uma pessoa.

E foi assim, contabilizando decepções e datilografando monotonias, que o tio Renzo voltou pra nossa cidadezinha e dela jamais saiu. Ficou morando no barracão dos fundos da casa da Stella, sozinho. Sabia cozinhar e lavar, mas tudo mais ou menos. Não era aquele primor, não. Dava para o gasto. Quando alguém falava em casamento, que era uma coisa muito boa, que era o destino de todo mundo, patati, patatá, ele respondia secamente que o destino de todo mundo era a morte.

Chegando à cidade, tratou de arrumar um emprego na usina siderúrgica e passou a empurrar a fumaça das horas, até se aposentar por causa de uma tosse brava que diziam ser tuberculose.

Mas ele sarou, depois de um tratamento com mais de seiscentos comprimidos. Tá rindo? Não é exagero, não! O governo dava esse remédio de graça, e mandava tomar tudo. Não era só dar uma melhorada, achar que estava curado e parar com a batelada de comprimidos, não. A mãe da Stella arrumou uma caixinha de sapato, colocou umas divisórias de papelão, etiquetas com letras grandes e os comprimidos todos arrumadinhos, por ordem de horário. E ficava de olho!

Tio Renzo teve de parar de fumar, de beber seus aperitivos e passou a se alimentar direito. Até engordou uns quilinhos, enchendo mais o rosto e espichando umas pregas de ruga que o entristeciam um pouco. Depois ele passou a gostar de mexer em uma hortinha no quintal.

Cultivava alface, couve, almeirão, jiló (argh!) e tomate-maçã, que era a maior lindeza. Eram para o gasto e para presentear os vizinhos. Ele dizia que cuidar de plantas era uma terapia e que dinheiro não trazia felicidade, aquele papo de quem não dava muita bola pra pé-de-meia. Aliás, o que o tio Renzo ganhava mal dava pra comprar meias. Será que ele sempre demonstrou essa falta de interesse pelo dinheiro e a Celeste percebeu e caiu fora?

Pois é. Umas coisas ruins que acontecem não são de todo ruins. O palhaço Sanfona, de um circo muito do mixuruca que passou na cidade, falava que "há malas que vão pra Belém", bagunçando o ditado popular. Também acho. O fora que o tio Renzo levou da Celeste foi bom, porque ficamos sabendo que o casamento dela não deu em nada. O marido andou dizendo que ela era gastadeira demais, além de relaxada com a casa. E olha que o homem era podre de rico!

Quanto à doença, foi bom também, porque tio Renzo caiu na real e parou de maltratar a saúde, como vivia falando a dona Iza, proprietária da pensão, especialista em lombo assado com batatas. Se eu conseguir, depois conto a história dela.

Voltando à horta do tio Renzo, tenho que falar que ela prosperava a cada dia. Ele se dava bem com plantas, porque mão boa ele sempre teve. Tio Renzo plantava algumas flores para agradar a mãe da Stella: dálias, cravinas, chuva-de-prata e roseiras. Estas eram tão bonitas que se transformaram no restaurante preferido das formigas.

Quando precisava, tio Renzo jogava formicida nas flores e vigiava pra gente nem chegar perto do veneno, que era um granulado diluído numa caneca esmaltada azul, meio descascada. Ficava pendurada lá em cima, na pilastra que sustentava a caixa-d'água, pra criança não alcançar de jeito nenhum.

Algumas borboletas vinham brincar de tobogã nas flores, principalmente sobre a roseira branca, que achávamos a mais bonita. Pena que as flores se desmantelavam logo. Da janela da sala, era bom ver as saias de seda colorida das borboletas dançarem sobre o minipalco de pétalas de cetim branco. Uma coisa doida de emocionante.

Na beira do muro de pedra que fazia divisa com a casa paroquial, onde morava o santo (e desbocado) Padre Geraldo, tinha um canteiro comprido e um velho galinheiro sem galinhas (umas foram pra panela; outras, desapareceram misteriosamente). Nesse canteiro, tio Renzo plantava só flor, porque vinha do muro do padre uma procissão de barbeiros e todos tinham medo daqueles bichos horrorosos pularem para as hortaliças. Uma vez o padre trancafiou alguns deles num vidro de boca larga e mandou examinar na capital. Dias depois veio a resposta e o remédio pra dar fim aos danadinhos transmissores da doença de Chagas. Era um inseticida com nome difícil, que precisava ser aplicado a cada três meses.

Empregado do padre, o Raimundo da Maroca, conhecido assim por causa da viuvez da mãe – os filhos das viúvas carregavam o nome das mães por muito tempo –, é que aplicava o inseticida, mas nem sei se fazia o serviço direito, porque vivia sonhando em se casar com a Tereza, sua namorada por mais de vinte anos – aquela pra quem ele mandava música no circo. Deus me livre e guarde de tanta indecisão e lerdeza!

Tudo o que a Stella queria guardar pra não esquecer, como nome de artista, nome de remédio, palavra diferente, ela escrevia num livro de novena de São Judas Tadeu que ela achou dando sopa na gaveta da mãe. O nome difícil do matador de barbeiros ela copiou ali, letra por letra, e desenhou o bicho perto, nuns espaços em branco, caso alguém precisasse saber o nome do remédio.

Esse livrinho funcionava como uma espécie de diário secreto: nele, a Stella desenhava e copiava o que desse na telha. O santo ia compreender. Pena que os espaços eram poucos, mas servia. Ela copiava também, nas margens da novena, palavras e expressões que lia com dificuldade nos jornais, nos letreiros. Ia juntando os pedaços, gostava, mas não sabia direito o significado de tudo o que anotava, como "amortecedores" e "consertamos cegonhas". Esquisito, né? Como o amor pode tecer dores? Como é possível consertar cegonhas, se elas estão lá no céu, tão atarefadas no transporte dos bebês? Vai que uma cegonha pifa no meio do caminho.

Dona Maria Marta achava graça nas nossas dúvidas e no nosso jeito perguntador. Dependendo do assunto, respondia com poucas palavras e um risinho de lado, porque não era muito boa nessas coisas de explicar sobre amor e cegonhas e menos ainda sobre o transporte dos bebês.

E por falar nisso, me deu vontade de contar que a dona Maria Marta era muito boa pessoa, mas muito sem ardência, como dizia a dona Maroca quando se referia a alguém sem rompante ou cautelosa demais. Dona Maria Marta trabalhava pra burro: lavava, passava, cozinhava e ainda fazia salgadinho pra fora. Às vezes fazia doces também. Ficava na cozinha mais tempo que a Gata Borralheira.

Só saía um tiquinho pra escutar a novela do rádio, que era transmitida às duas da tarde, o famoso programa O drama de cada um. Muitas vezes nós a víamos fungar e enxugar as lágrimas com a ponta do avental. Chorar por causa do drama inventado de cada um era o fim da picada, mas tem gosto pra tudo!

Garanto que os artistas depois ficavam rindo daquelas baboseiras. Só bem mais tarde é que a televisão chegou, mesmo assim em preto e branco e chuviscando demais. Pra dar uma corzinha, seu Rodolfo costumava pôr um papel celofane colorido, mas ficava era pior.

O apelido "Mosca Morta" era um segredo que ninguém podia nem sonhar em saber. Para umas coisas dona Maria Marta era resolvida, ficava nervosa, batia o pé. Para outras, fazia vista grossa e se calava. Quando ela fazia uma coisa surpreendente, boa mesmo, o M. M. virava "Muito Maravilhosa". Como nos aniversários da Stella.

M. M. fazia um tanto de qualidade de doce, como cajuzinho, brigadeiro, beijinho, olho de sogra, queijadinha, pé de

moleque, doce de leite condensado, cocada, doce de abacaxi em forma de pirâmide e nem sei o que mais. Tudo decorado com confeito, glacê, colocado em forminhas. No centro da mesa, o bolo. Cada ano, M. M. inventava de fazer um mais bonito. Mais Maravilhosa ela não podia ser!

Nos aniversários, as meninas da escola vinham todas. Era tão bom ver a casa estrelada de criança! Porque Stella não tinha quase parente nenhum. Só a tia Rita lá na capital. Os filhos dela eram mais velhos e tinham uma vida diferente, além do rei na barriga. Stella e Germano, para eles, não passavam de uns bichos do mato.

Muita gente achava estranho o fato de M. M. não gostar que a Stella saísse pra brincar com outras meninas. Diziam ser orgulho, soberba, medo de se misturar com os outros. Ela prendia a coitada em casa e até punha um pouco de medo na menina. Stella chorava, dava birra, mas a mãe não gostava mesmo. Se alguma menina fosse lá brincar com ela, tudo bem. Tinha tratamento nota dez. Mas deixar a Stella trançar pra lá e pra cá, de jeito nenhum. Stella só saía quando fugia, de vez em quando, aproveitando umas brechas do acaso.

Uma coisa que M. M. não tolerava era palavrão. Uma vez a Stella estava sapeando a mãe cozinhar e cismou de falar que o Germano era um mer..., um fedap..., nomes que eu nem imagino com quem ela aprendeu. Dona Maria Marta interrompeu a palavra no meio, cerrou os dentes, tirou do antigo fogão de lenha um pedaço de madeira em brasa, de um vermelho aterrorizante, e chegou pertinho da boca da menina, dizendo pra ela nunca mais falar aquilo, que era muito triste ter uma filha boca suja. A brasa chegou a chamuscar o lábio de Stella, mas ela aguentou calada, sem contar para o pai, que andava meio jururu por causa de uma dor no estômago.

Tirando esses raros ataques, dona Maria Marta era bem legal. Tinha olhos claros, cabelo meio vermelho e rosto redondo. Cara de broa, ela mesma dizia. Também era filha de italianos, como o marido. Os pais dela tinham vindo do Norte da Itália, eram bons comerciantes, e os familiares do seu Rodolfo, do Sul, eram agricultores e artesãos, morenos, de rosto alongado e nariz fino. Todos comedores de macarrão, de muito pão e gostavam de mesa farta, os do Sul e os do Norte. Italianada boa de garfo!

A gente brincava que M. M. ficava parecendo uma boneca de louça depois do banho, rosada pela água quente do chuveiro de serpentina. Stella, que era boa no desenho, desenhava a mãe que era uma perfeição.

Se você não sabe o que é serpentina, é aquele cano dentro do fogão a lenha, usado pra esquentar a água. Aí você imagina que tomar banho de manhã, no tempo do frio, era um ato de coragem, porque o fogão ainda não estava funcionando a todo vapor. Mais tarde, quando reformaram a casa, é que puseram fogão a gás, chuveiro elétrico. Ainda bem.

Dona Maria Marta dava muita trela pro Germano. Fisicamente, eles se pareciam muito. Ela sempre escondia as coisas erradas que ele fazia, pra não enfurecer o marido, que gostava de ver a família em paz. O menino parecia ter parte com "aquele lá de baixo", de tão encapetado. Fugia da escola pra jogar bola ou pra nadar no açude, a maior fundura. Chegava sempre com o cabelo pingando, as roupas bagunçadas, as sardas mais acentuadas ainda. Não sei quantas vezes a diretora da escola mandou bilhete, falando das desobediências que ele aprontava, motivo das inúmeras suspensões:

"Meu Deus, não sei a quem esse menino puxou. Mas deve ser da idade", dona Maria Marta dizia baixinho, para se consolar.

O *Germano era uma coisa de doido.* Uma vez, ele e os colegas inventaram de fazer medo nos outros. Arranjaram uns mamões verdes, tiraram o miolo e fizeram olhos e boca de caveira com a ponta do canivete. Nas noites de sexta-feira, acendiam velas e colocavam dentro da caveira, em cima do muro. Como o muro do lado direito dava para um beco pouco iluminado, onde passavam muitas pessoas que moravam na Rua do Alto, era uma gritaria só.

Isso poderia ser apenas uma brincadeira, mas numa noite uma senhora levou um susto, foi correr e caiu, machucando a perna. O marido dela, enfezado, foi tirar satisfação com o seu Rodolfo, que pediu desculpas e pôs o Germano de castigo, sem futebol por um mês, mas sabendo que logo o filho inventaria uma nova confusão.

A partir daí ficou suspensa a farra da caveira até segunda ordem. Muito tempo depois, a gente ficou sabendo que no estrangeiro as crianças brincavam com velas dentro de abóboras num tal Dia das Bruxas.

Quando havia uns destemperos como esse das caveiras ameaçadoras, o padre Geraldo – que não sei se já contei, era também criador de abelhas – acalmava a dona Maria Marta, falando que menino-homem era desesperado assim mesmo:

"Sossega, dona Maria Marta, isso é só o começo. Estou cansado de saber que a turma do seu filho gosta de jogar espeto de bambu na bunda das minhas abelhas pra elas ficarem alvoroçadas. Já avisei que é perigoso, que ficam cutucando onça com vara curta, mas eles fogem e pensam que nada de ruim acontece com eles."

Ele completava que, com a idade, tudo passaria. Ela precisava de paciência, perdoar essas molecagens. Acho que foi daí que ela pegou a moda de sempre falar em perdão, de passar por cima das dificuldades, essas coisas que parecem conversa de padre.

Coração de mãe é muito sem-vergonha, ele dizia também. Tem uma decepção, mas logo esquece e toca o barco pra frente.

O certo é que dona Maria Marta enchia a boca pra falar dos filhos. Dizia que escolher nome era uma coisa muito importante, ainda mais dos filhos. Até nome das personagens de novela, como Luiz Augusto, Adalberto Luiz, Ana Sofia, Sílvia Verônica, eram estudados com apuro. Por isso, ela pesquisou muitos dias antes de pôr o nome nos filhos. Germano, ela explicava, vem do latim germanus e quer dizer "irmão", "filho do mesmo pai e da mesma mãe", "verdadeiro", "puro".

Já Stella, que nasceu quase seis anos depois, deu mais tempo pra Maria Marta pesquisar. Stella, que também vem do latim stella, significa "estrela", "aquela que mora na esfera celeste e tem cintilação". Nome mais bonito não havia. Ela se vangloriava de escolhas tão acertadas. Germano e Stella. Irmão e Estrela.

Isso pra nós era um lero-lero sem tamanho, porque, de irmão, o Germano não tinha nada. Um implicante, enjoado, debochado. Uma vez ele viu que a boneca de papelão da Stella tinha caído dentro do tanque, junto com o uniforme de futebol dele, que estava de molho; porque quando isso aconteceu o castigo que seu Rodolfo aplicou já tinha acabado. Ele não tirou a boneca de lá e não falou nada para a irmã, enquanto era tempo. Muito menos deixou um bilhete avisando, antes de sair escondido depois do jantar, sorrateiro feito ele só. Por acaso isso era ser irmão, verdadeiro e puro?

Mais uma vez, dona Maria Marta pediu à filha que perdoasse o irmão, que ele nem devia ter prestado atenção na boneca caída e se desmanchando dentro do tanque; escondeu o caso do marido, dando uma desculpa esfarrapada para o choro da Stella. Ela consolava a filha dizendo que depois comprava outra boneca mais bonita, que ia ter o dinheiro logo... deviam esquecer o incidente. Esse negócio de "esquecer o incidente" já estava ficando gasto, de tanto usar. Toda vez ter de perdoar? Ah, faça-me o favor!

Quando M. M. fazia salgado ou doce pra vender, colocava tudo em forminhas de papel bem chiques pra levar para as freguesas ou para as padarias, e guardava trancado, no lado esquerdo do armário da copa. Germano abria o lado direito, que estava só com o trinco, afastava o compensado que dividia as portas, tirava o que queria, e depois empurrava a divisória para o lugar, deixando aqueles rombos.

Não podíamos comer doces e salgadinhos a torto e a direito.

Tinha uma cota de três pra cada um matar a vontade e não ficar aguado. E também não ter indigestão. O folgado do Germano Cara de Pano podia estourar a cota. A gente, não. O pior é que, quando M. M. olhava as bandejas prontas e dava de cara com aqueles buracos, sempre levava um choque. Então, reorganizava tudo, com toda a paciência, pra não dar muito na vista, e entregava pra Deus. Fazer o quê?

Quando dona Maria Marta ficava muito triste demais, ela chorava, mas não deixava fazer barulho, porque entupia a boca com a toalha de rosto. Um dia eu vi, sem querer. Entrei no banheiro pra pegar um sabonete pra gente lavar as roupas das bonecas e dei de cara com os olhos dela, vermelhos, as mãos tremendo, mas não sei o motivo de tanto choro. Ela fez um gesto pra eu ir embora, fechou a porta e eu saí depressa. Falei nada não com a Stella.

Se eu fosse contar as maluquices do Germano uma por uma, ficaria aqui até o ano que vem. Seu Rodolfo andava preocupado, pois tinha sentido cheiro de cigarro no quarto dele. Também ficou sabendo que o garoto andava jogando sinuca no bar e apostando dinheiro. Onde já se viu um moleque de onze pra doze anos ter dinheiro pra jogar? E como deixavam? Na certa, assaltava o potinho de louça onde a mãe punha uns trocados. Pra não pensar coisa pior.

O pai da Stella era a bondade em pessoa. Quando precisava, chamava a atenção, na maior elegância, como o tio Renzo. Mas falava só uma vez. Ele adorava contar histórias para a filha e ver os desenhos dela. Quando ia à capital, a serviço, trazia livros, saquinhos de bala e maçã enrolada num papel roxo. Os livros eram presentes da tia Rita, irmã dele, que tinha uma situação financeira ótima, um coração de ouro, mas era casada com um traste de um pão-duro, um mão de vaca de marca maior. E os filhos dela, aqueles riquinhos que eu já te contei, iam para o mesmo caminho.

20

Stella falava que, muitas vezes, fingia dormir no sofá só para o pai carregar ela pra cama. O pai era alto, tinha cabelos castanhos, rosto comprido, e Stella se orgulhava de se parecer com ele. Quando ela teve uma disenteria forte, o pai aprendeu a lavar e a passar, porque ela sujava muita roupa. Com isso, a Stella foi perdendo peso e seus olhos realçavam como faróis de caminhão, a ponto de Germano zombar:

"Ah, zoiuda, que piriri com perfume de gambá."

E a tal infecção durou muitos dias, precisou levar a Stella até para o hospital da capital. Nessa época, ela ganhou da tia Rita uma boneca linda, só faltava falar. Tinha duas trancinhas, vestido azul e sapatos brancos. Lá no hospital, Stella deu a ela o nome de Eliana e conversava com a boneca sem parar. Imagino que esse presente foi pra consolar a pobrezinha, que emagreceu muito. Virou um gravetinho só.

Mas isso são águas passadas. Stella sarou, voltou para o interior, como os pássaros voltam, renovando as tardes. Acho até que as tardes são mais aproveitadas pelos passarinhos do que pelas pessoas.

Stella amava os gatos e os passarinhos. Pena que os dois juntos não combinavam. Uma vez, o gato dela, o Biezinho, um gato branco de doer, deu um bote num sabiá, que o pobre teve que dar um voo surpreendente pra não virar "era uma vez". Esse Biezinho era o xodó da Stella. Não sei como podia ser tão branquinho. Não tinha uma manchinha marrom ou amarelada pra avacalhar a brancura do pelo. Ela escovava, lustrava com a mão, passava um pano macio e descansava o olhar naquele algodão.

Stella também amava o perfume da terra molhada que às vezes invadia o quintal. Tinha laranjeira, goiabeira, limoeiro e até um pé de jabuticaba olho-de-boi. Com a chuva, o jardim ficava pensando em florescer sem parar. Era um encanto ver a alegria do capim brincando com as tiriricas. E os periquitos fazendo alvoroço na alfazema. Mas bonito mesmo era acompanhar as borboletas. Volta e meia uma delas pousava no pufe de uma dália.

Tio Renzo contava que a vida das borboletas era muito curta e às vezes nem dava tempo pra elas se alimentarem. Era tão bom ficar olhando as asas baterem e depois pararem, imóveis, como bibelôs. Frágeis sob o brilho do sol, sempre procuravam um miolo de rosa, de margarida, uma pequena alegria. Quando suspensas, em bando, formavam um buquê de flores, parecendo o quadro pintado a óleo que ficava na sala da pensão da dona Iza. Ela dizia que aquela pintura era uma natureza-morta e não entendíamos por que se chamava assim. Se era bonito de se ver e parecia de verdade, devia se chamar natureza-viva, não é, não?

Eu mais a Stella gostávamos de jogar peteca com as rechonchudas das dálias. As vermelhas, de um vermelho forte puxado para o vinho, e as lilases davam as petecas mais bonitas. Bastava arrancá-las do cabo e brincar de jogar aquela bola fofa de pétalas. M. M., quando via, torcia o nariz, dizendo que as flores eram pra enfeitar os canteiros ou pôr na floreira de vidro, feita de hastes de ferro torcidas como vírgulas grandes, que, juntas, sustentavam três jarrinhas redondas.

Quando M. M. estava feliz, lavava a floreira, colocava água do filtro e flores. Misturava dália com chuva-de-prata, que é um feixe de florzinhas brancas, imitando pontinhos metálicos, em cima da mesa elástica. Uma mesa que ficava maior quando a gente emendava uma parte dela, escondida debaixo do tampo. Por isso se chamava "elástica", porque espichava. Essa mesa e as seis cadeiras, ela comprou com o dinheiro dos doces e dos salgadinhos.

Depois que pagou a mesa, M. M. começou a sonhar com uma cristaleira. Enquanto sonhava, suas louças de estimação continuariam dormindo protegidas com jornal, dentro de um caixote velho. M. M. tinha a virtude de saber esperar.

Seu Rodolfo, com aquele salário apertado e a sabedoria larga, explicava que os sonhos eram muito importantes e necessários. Eles pintavam a vida em tons de rosa, azul, amarelo e verde. Depois, inventavam de fazer uma espécie de sinfonia de silêncios e sons muito delicados, esperando uma oportunidade. Aí, os sonhos iam ficando perto de se tornarem reais. E, quando menos se esperava, chegava a hora em que se tornavam realidade mesmo. Por isso era bom ter sonhos coloridos.

Foi isso o que aconteceu. Depois de meses recebendo várias encomendas de salgados e doces para aniversários, batizados e casamentos, dona Maria Marta tirou do esconderijo o dinheiro que juntou para comprar a tão sonhada cristaleira. Pra falar a verdade, ela já estava encomendada, porque fazer um móvel tão bem-acabado, cheio de nove-horas, demorava.

"Só em fábrica da capital é que a coisa sai depressa, porque fazem aquele monte de móveis de uma vez, sabe-se lá de que jeito", seu Rodolfo explicava.

M. M. havia escolhido um modelo com espelho no fundo pra duplicar as louças, com a madeira entalhada e numa cor parecida com a da mesa e das cadeiras que já tinha, como se fosse um jogo de mobília. A chegada da "rainha"da sala foi uma festa. Uma verdadeira apoteose, como falou o tio Renzo, lembrando-se dos tempos em que ia ver desfile de carnaval na cidade grande.

O chão da sala foi muito bem limpo, as louças, tiradas do caixote com o maior zelo, e as folhas dos antúrios e das outras plantas ganharam um realce com um banho de café misturado à água. Mais envernizados, impossível!

Para a inauguração da cristaleira, dona Maria Marta serviu arroz-doce com raspas de limão e canela por cima, nas taças de vidro que ficavam na prateleira do meio, e todo mundo pôde comer e repetir. Mas pediu muito cuidado com as taças, que eram uma formosura, porque foram presente de casamento do doutor Jacy.

Como era de esperar, o Germano trincou a que ele usou. Mas ficou de bico calado, fez uma cara de sorriso de jacaré e M. M. fingiu que não viu, ficando tudo na santa paz.

Nessa tarde, a santa paz só perdeu a graça quando, depois de deixar cair uma rede de nuvens e de vento, uma chuva forte despencou na cidade, com direito a raios e trovoadas. A Stella se borrava de medo de trovão. Chegava a se esconder debaixo da cama, chorando enrolada no seu cobertor xadrez de estimação. Não adiantava pai nem mãe falar que ia passar logo, que o barulho era São Pedro arredando os guarda-roupas do céu pra limpeza geral. Nada tirava o medo dela.

A menina só se acalmava quando o barulho diminuía e a chuva passava a chorar baixinho, junto com ela, escorrendo lágrimas miúdas pelo vidro da janela.

À noite, dona Maria Marta fez uma panela grande de sopa de macarrão com legumes e uns retalhos de carne. Cozinhar, pra ela, era um jeito de fazer poesia. Alquimia buscando transformar temperos em dedicação. Essa sopa era a preferida de todos. M. M. chegava a levar uma tigela quentinha para o tio Renzo lá no barracão. O cheiro dos temperos vinha da cozinha e tomava conta da casa inteira.

A chuva tinha ido embora e deixado uns fiapos de frio. Aquela sopa caía muito bem. Seu Rodolfo correu à padaria e trouxe pãozinho de sal pra acompanhar o prato, hábito herdado do pai italiano, como já contei. Dona Maria Marta cobriu a mesa elástica com uma toalha flanelada, com estampa de frutas, e o barulho das colheres no prato de louça iniciou uma percussão cadenciada, gostosa de ouvir.

Uma hora o Germano começou a implicar com o medo e a choradeira da Stella por causa da chuva, chamando a irmã de filhote de cruz-credo, manteiga derretida, boca de elástico e pum azedo de trovão. Depois dessa última injúria, ela não aguentou e jogou a sopa fervente na direção do prato do irmão, atingindo também o rosto dele:

– Toma, sapo branquelo, pintado de bolinha, de pito na boca!

O rosto dele se incendiou de dor e de ódio, ele se levantou, deixando a cadeira cair, e mostrou seu punho forte, armado para um soco, quando os dedos fortes de seu Rodolfo, mostrando as duas verrugas no indicador, interromperam o braço dele no ar:

– Que homem será você? Provoca e quer o silêncio do outro? O sangue que corre nas suas veias também corre nas de sua irmã, que é muito menor e merece seu respeito e seus cuidados – falou o pai pronunciando bem as palavras.

Foi uma noite péssima. Seu Rodolfo botou os dois pra dormir, jogou água na fervura e exigiu silêncio. A confirmação, pela visão ingênua de Stella, de que Germano fumava, caiu como uma bomba no coração dos pais. Mesmo dona Maria Marta, que não tinha falado nada até então pra não piorar as coisas, saiu cochichando no ouvido do marido que tinha notado as pontas dos dedos do filho encardidas de nicotina daqueles mata-ratos.

Tudo o que vivemos vai sendo guardado num caixote mágico e imenso, e enrolado em jornal com cuidado, como as louças de M. M., antes da chegada da cristaleira. Com o tempo, taças, copos, bules e jarros se livram da proteção do papel velho e acordam nossa memória.

Os dias foram passando. Nossa infância, cheirando a rosa e a jasmim, ia desenhando arabescos na poeira do tempo. Mas bem devagar. Na cidade pequena, os dias passeiam lisos e mansos. Lembrança e esquecimento brincam de queda de braço. Mas, às vezes, a primeira ganha muitas partidas, nocauteando o adversário.

Germano andava cada dia mais esquisito. Arranjou uma turma mais esquisita ainda. Eram uns moleques, alguns colegas de escola repetentes, um pouco mais velhos que ele. Germano não queria mais usar calça curta; a voz oscilava entre os graves e os agudos, oitavando, como falava o tio Renzo; o buço aparecendo, mas a cara ainda lisa.

Dona Maria Marta ficou sabendo que eles andavam rondando a casa da Odete, uma casa que mais parecia um quartel, de tanto homem trançando pra lá e pra cá. Nessa tal casa, moravam algumas moças. Tinha uma, a Lourdes Soneto, mulata jovem muito bonita, de dentes clarinhos, que tinha mania de gostar de poesia. Mal conhecia um par de calças, copiava um poema de um livro caindo aos pedaços e mandava pra ele, com dedicatória e tudo. E não é que o endiabrado do Germano começou a arrastar a asa pra ela?

Os garotos escreveram uma quadrinha de amor, copiada de uma revista, imitando letra de mulher. Colaram até uma flor, pra ficar bem no estilo, e disseram que a Lourdes Soneto tinha mandado pra ele:

Sei que não te mereço
Porque és jovem pra mim
Mas ficarei te esperando
Até que venhas, enfim.

Pronto. O boboca ficou iludido, se achando homem-feito, e um dia pulou a janela e entrou no quarto da Lourdes. Foi um bafafá dos diabos, porque a Lourdes estava de prosa com um viajante, vendedor de cerveja. Este, quando viu a concorrência, partiu pra cima do Germano, deu um tapa nele, empurrando o rapaz porta afora:

– Cai fora, franguinho-d'água! Volte quando estiver falando feito homem. Variando assim, ora fino, ora grosso, ninguém sente firmeza!

Nessa noite, ele chegou com o nariz sangrando e seu Rodolfo quis saber o que tinha havido. Prontamente, com a maior cara de tacho, Germano respondeu que tinha sido briga de rua, por causa de futebol, e outras mentiradas que inventou na hora. Aliás, o repertório de desculpas e de enrolação do Germano era de tirar o chapéu. E a desordem do quarto dele também.

Eu e a Stella, às vezes, dávamos uma ajuda na arrumação da casa, mas não era pra pegar no pesado, porque a gente não dava conta. Nossa função era ajuntar umas coisas espalhadas, recolher a roupa do varal, espichar a colcha das camas, varrer a cozinha e organizar a louça na pia pra dona Marta lavar.

Um dia, achamos que a cama do Germano tinha um cocuruto no meio. Levantamos o colchão com dificuldade e, pra nosso espanto, havia não sei quantas revistas de mulher pelada, dessas desenhadas à mão; não era foto, não. Tinha mulheres de corpo inteiro, outras só mostrando da cintura para cima. Umas caras engraçadas, de olho quase fechado, cabelão jogado nos ombros... Achamos muito estranho, porque era a primeira vez que a gente via aquilo.

A princípio, pensamos em mostrar pra dona Maria Marta, mas ela podia fazer de novo algo parecido com aquela vez do tição em brasa. Então, deixamos tudo do mesmo jeito, só espalhando um pouco as revistinhas pra diminuir a altura da montanha e dar menos na vista.

Dizem que as meninas são bobinhas, vivem no mundo da fantasia, pensando só na vidinha delas, mas não é bem assim. Percebíamos que a turma do Germano vivia de conversinhas. Eles riam e comentavam quando passava uma garota maior, falavam dos peitos e da roupa dela. E ficavam observando a farra das cadelas no cio. Às vezes jogavam água fria nelas e nos cachorros pra fazer ruindade com os bichos. Será que eles sabiam como os filhotes nasciam? O porcariinha do Joel, da turma dos colegas maiores do Germano, uma vez quis até jogar água fervendo num cachorro, mas os outros não deixaram.

Da turma, o Joel era o mais desenvolvido fisicamente. Era mais alto, corpo cheio, braços fortes, mas não tinha nada na cabeça, a não ser titica de galinha. E comia demais. Parecia que na casa dele não tinha nem almoço nem janta. Germano, às vezes, chamava ele de "ferrugem", porque Joel devorava tudo por onde passava.

Esse desinfeliz do Joel ficava horas e horas olhando a vitrine de lingerie da loja da dona Ruth, babando nos manequins que exibiam calcinhas e sutiãs. Um dia ele chegou a pedir à Stella que mostrasse a calcinha pra ele. Com os olhos bem arregalados, ela disse:

– Vai olhar a da sua avó, que é igual! Vou contar isso para o meu pai, viu?

Stella achou um desaforo, mas resolveu não falar nada. O médico tinha pedido ao seu Rodolfo pra ele fazer uns exames de estômago lá na capital, onde havia mais recurso. Os comprimidos de leite de magnésia e outro de não sei o quê de alumínio, não estavam adiantando mais nada.

Além do Joel, havia outros amigos do Germano, quase todos repetentes na escola, o que naquele tempo era chamado de "bomba". Cada um mais insuportável que o outro, com aquelas caras cheias de espinha – a turma dos caras de paliteiro – e aquele fedor de cigarro, ensaiando pra virar homem. O Edson só abria a boca pra contar fofocas e piadas bobas. Pelo menos mal-educado ele não era. Chegava, cumprimentava, filava café com bolo e, às vezes, um almoço, principalmente quando tinha carne assada. Conversava com a mão na boca pra gente não entender o que ele dizia e depois ia embora.

A mãe da Stella sempre recomendava sair do banho com o roupão bem fechado e nunca usar toalha amarrada, porque a casa vivia infestada de adolescentes, e alguns ela conhecia pouco. Ela dizia que não era elegante menina andar de qualquer jeito. No seu íntimo, bem que a M. M. sabia o que estava dizendo. Melhor prevenir que remediar.

Germano e companhia limitada andavam alvoroçados. Como a professora deles, dona Trindade, tinha saído de licença e depois sairia em definitivo, aposentada, chegou à escola, ou melhor, caiu do céu, uma professora novinha, carinha de anjo, maquiagem caprichada e com um sorriso estampado na cara. Os meninos, metidos a rapazinhos, ficavam até sem jeito, alvoroçados, não sabiam como lidar com uma professora tão bonita. Porque com a dona Trindade ninguém tirava farinha, ninguém sequer pensava que uma professora podia ser assim tão diferente. Dona Trindade explicava bem, era firme, exigia disciplina e cobrava resultado. Perfeita! Era uma professora para pai nenhum botar defeito.

Essa tal de dona Rô, que eu não sei se chamava Rosa, Rosália ou Rosemary, parecia um furacão. Por onde passava, arrancava suspiros até dos portais. Era sobrinha da dona Trindade, que eu acho que deve ter mexido alguns pauzinhos pra bonitinha recém-formada pegar o cargo, em vez da dona Augusta, que trabalhava ora na biblioteca, ora na secretaria, feito galinha que perdeu o ninho, esperando uma turma só pra ela. É isso. Quem pode, pode. Quem não pode se sacode.

Os garotos passaram a não faltar às aulas, a fazer os deveres, a rodear a nova professora. Tudo isso contava pontos pra ela, pois diziam que sabia organizar a turma, que tinha talento pra ser professora. O que os pais não sabiam é que a dona Rô tinha um namorado e que, enquanto os alunos faziam os exercícios, ela se debruçava na janela pra conversar com o dito-cujo, que ficava lá na calçada da escola.

E nesse debruçar e rir, mandar beijo e dar adeusinho, o vestido de dona Rô se movimentava, as pernas bonitas apareciam e a plateia queria ver mais. Naquele lugarzinho sem praia, sem clube, esquecido no mapa, ver pernas bonitas era o máximo.

Como essa situação estava ficando interessante, no mês seguinte os garotos se reuniram no pátio, numa rodinha secreta, e planejaram uma brincadeira muito melhor. A ideia tinha vindo do Joel, como sempre. Fizeram uma vaquinha pra comprar o material. Tudo muito bem estudado, pra nada sair errado.

Germano, Joel, Edson e Zé Carlos ficaram encarregados de deixar as belezinhas no chão, perto do lugar onde dona Rô fi-

cava mais tempo parada, e algumas outras posicionadas aqui e ali. Empolgados com as pernas bonitas da professora, queriam mais, e sussurravam maldosos:

— Se no caminho tem doce, que dirá na festa!

O risinho de satisfação tomava conta dos meninos. Sentiam-se vitoriosos, espertos, ousados, homens com "H" maiúsculo. O semestre logo terminaria; no seguinte mudariam de turma, para uma com vários professores. Portanto, a hora era aquela. "It's now or never!", como cantava o Elvis Presley. As meninas – por medo, vergonha ou vontade de ver o circo pegar fogo – ficaram quietas e agiam como se de nada soubessem.

Mas como tudo tem um porém, justamente nessa manhã, dona Trindade foi entregar uns papéis à diretoria. Aproveitou a ocasião para visitar a sua ex-turma e saber das novidades. Ou foi para testar seu carisma de mestra inesquecível?

Havia nessa turma uma menina inteligente, a Lúcia, filha do farmacêutico e apaixonada pelo Edson. Ele não dava a menor bola pra ela, porque ela era muito magra e desleixada pra se vestir. Até chamava a garota de Maria-mijona. Foi nesse dia que a Lúcia tirou o atraso e se vingou do Edson. E dos amigos dele também. Tem gente que só alivia a raiva e perdoa as ofensas depois de se vingar delas.

Dona Trindade deu a volta no corredor e foi visitar sua turma.

— Licença, Rô. Bom dia, alunos! Estão se comportando bem? Têm sentido saudades de mim? – disse ela, chegando toda empinada com seus saltos grossos e brincando com as papadas.

— Siiim! – disseram todos em coro, com voz espichada e cara de antigo respeito misturada com risinho chocho.

— Mas cuidado, dona Trindade – disse a Lúcia. – A senhora veio prevenida? O chão está coalhado de espelhinhos reveladores.

O rosto da professora mudou de expressão. Com a esperteza adquirida em quase trinta anos de magistério, num segundo olhou para o chão, constatou a falcatrua, recolheu rapidamente alguns espelhinhos e gritou o nome da diretora. Enquanto isso, os garotos, amontoados, tentavam recolher os espelhos que restavam, estrategicamente espalhados perto da dona Rô, vermelha de tanta vergonha.

Foi um deus nos acuda. A diretora chegou como uma lufada de vento. Pigarreou, engrossou a voz e começou a pedir explicações, tratando todos pelo nome e sobrenome, o que era um péssimo sinal. Todos falavam ao mesmo tempo. Uns gaguejavam, com o coração disparado diante da situação. Outros, medrosos, ameaçavam chorar.

– João Narcísio dos Santos, que tremedeira é essa? Será que está doente? E você, José Carlos Moreira, para que tanto espanto?

Alguns alunos se encolheram nas carteiras e viraram uns anjinhos perto da diretora, dizendo não saber de nada. Coincidentemente, eram, na maioria, os filhos de médicos, de advogados da cidade, de comerciantes abastados. Pra fazer bonito, tirar o corpo fora e entornar o caldo, até o filho do dono da Loja de Utilidades não hesitou em entregar o local e a hora da compra dos espelhinhos. A vocação pra dedo-duro se manifestara bem cedo!

A turma do Germano foi culpada por tudo. A corda arrebenta sempre para o lado mais fraco, dizia o tio Renzo. Mas a brilhante ideia tinha mesmo partido deles e, como seus antecedentes eram péssimos, foram conduzidos à sala da diretoria. Ao passar por Lúcia, a turma dos cara de paliteiro fuzilou a menina com os olhos, jurando vingança. Ao que Lúcia respondeu com um risinho matreiro de vá pentear macaco.

A continuidade dessa encrenca já dá até pra adivinhar. Primeira providência: alunos culpados retidos na diretoria. Segunda providência: comunicação urgentíssima aos pais dos idealizadores da façanha.

O sinal para o término das aulas tocou. Os alunos de outras turmas, as meninas do 4º ano e os "anjinhos", literalmente salvos pelo gongo, foram saindo. Mas a sala da diretoria, fechada, cheia de cochichos, e a expectativa matavam todos de curiosidade. Afinal, o que havia acontecido? Quem passou mal? Quem bateu, quem apanhou?

Era hora do almoço.

Dona Trindade e dona Rô, de plantão também, ficaram confabulando com a diretora e esperando os pais ou responsáveis para uma conversa muito séria. Aos poucos, eles foram chegando. Em cidade pequena é fácil avisar, e notícia ruim anda depressa. Chegaram os pais do Edson, a mãe do Zé Carlos, se descabelando de dar dó, e o avô do Joel. Tio Renzo foi o último a chegar, pois até se sentiu mal ao receber a "intimação"que assinara no lugar do irmão acamado.

Seu Guido, o pai do Edson, tinha uma mercearia e ia sempre às reuniões. O Edson era o filho mais novo e às vezes criava confusão por causa de bobagem, como tratar do cachorro, fazer compras. Preguiçoso de dar gosto.

A dona Jaci tinha um salão de beleza na garagem da sua casa, era viúva e criava o Zé Carlos praticamente sozinha. Desde cedo, ele passava a maior parte do tempo no salão e algumas pessoas achavam o menino vaidoso demais com o cabelo. Pudera! A mãe o incentivava a usar uns produtos e a caprichar no visual, pra valorizar a imagem do salão.

Dona Jaci era um tanto exagerada e dramática e chamava todo mundo de "criatura". Como havia na cidade um médico chamado doutor Jacy, pra não confundir, na hora da pressa, quase todo mundo chamava a mulher de Jaci Criatura.

O avô do Joel, o seu Rui, era mecânico e, com o neto carne de pescoço, comia o pão que o diabo amassou. A Celmi, filha dele, mãe do Joel, resolveu ir pra São Paulo em busca de um trabalho melhor e passava um tempão sem dar notícias. Ela mudava de endereço a cada mês, por isso nem adiantava tentar chamar em caso de precisão.

Um dia eu fiquei sabendo que essa Celmi andou de namoro com o tio Renzo, mas ele não levou o caso adiante, apesar de achar a moça bonita, vistosa e de boa família. Talvez ele tenha se lembrado da decepção com a Celeste e caiu fora. Ainda mais pela semelhança nas primeiras letras do nome.

A avó do Joel tinha problemas de coração e o marido dela, para evitar contrariedades, acabava tampando o sol com a peneira, encobrindo as trapalhadas do neto. Sabendo disso, o espertinho aprontava as suas. Era inteligente, bom de matemática, mas um horror pra escrever. E as mãos? Sempre sujas de graxa por causa das bicicletas e de outras coisas visguentas que pegava na oficina. Tinha sempre as unhas (e as ideias) "de luto", e limpar que é bom nem pensar.

Joel, Edson, Zé Carlos e Germano. Era essa a patota do barulho. Os inseparáveis. Havia outros que se ajuntavam a eles, mas os Três Mosqueteiros de araque eram esses quatro mesmo.

No rosto de todos, reunidos na escola, pairava uma dúvida quanto ao castigo que seria aplicado. Tio Renzo não sabia onde pôr as mãos, tamanho o nervosismo. Sem dizer da decepção de ver o sobrinho, tão bem aconselhado em casa, naquela situação.

Depois de muita conversa, entremeada de advertências e de cara amarrada, os garotos foram ouvidos e dona Rô resmungou umas desculpas com aquela vozinha mansa de madalena arrependida, explicando que queria acertar, conquistar os alunos, ser mais amiga, diminuir a distância entre professor e aluno, tratar de igual para igual, quando foi interrompida com um gesto de mão.

A diretora foi muito firme ao comunicar, movendo os olhos ora para os pais, ora para a professora:

– Dona Maria do Rosário não vai mais trabalhar conosco e deve aproveitar o 'descanso' para repensar sua vocação de mestra. Dona Trindade fará a gentileza de adiar a aposentadoria e vai levar a turma até o fim do ano. Quanto aos alunos 'curiosos além da conta', não serão mais aceitos neste educandário.

Uma exclamação de "Oh!!!", rouca e suspirosa, seguida de queixos caídos, bocas abertas, mãos à cabeça e olhos arregalados, recebeu a sentença – que parecia irrevogável, a julgar pela expressão determinada da diretora.

– Mas, senhora diretora, falta pouco para o ano letivo terminar. Eles estão na reta final, criatura! – implorou a mãe do Zé Carlos.

– Sinto muito. Pensassem nisso antes de arquitetar a brincadeira sem graça, o desrespeito. Em que mundo nós estamos? Foi o cúmulo do mau exemplo! Sairão da escola sem terminar o curso. O pai que quiser que coloque o filho em outro estabelecimento de ensino para concluir o ano. Nos próximos dias, as transferências serão providenciadas.

Mas, naquela época, não havia outra escola na cidade.

Depois dessa decisão, houve uma reviravolta na casa da Stella. A partir dessa tarde, uma sexta-feira em que as bruxas andavam soltas, tudo desandou.

O seu Rodolfo, que soube apenas uma parte da história, piorou, e foi preciso chamar o doutor Jacy às pressas. As dores aumentando, um mal-estar daqueles. Não tinham saída, precisavam procurar recursos na capital. Foi um tal de fazer as malas correndo, arrumar dinheiro emprestado e chamar um táxi. Dona Maria Marta, antes de partir com o marido, pediu para o tio Renzo que olhasse os filhos.

A despedida foi triste e apressada. No gesto com a mão, seu Rodolfo, escorado com travesseiros, deixava um até logo trêmulo e lento. Nos olhos, um fachinho de luz deixava a bênção aos filhos e a promessa de que em breve voltaria. O carro foi se afastando até sumir na curva. Logo o céu se vestiu de cinza pra esperar a noite.

Tio Renzo trouxe algumas roupas e coisas pessoais do barracão e veio morar na casa, até quando fosse necessário. Stella ficou tão calada que pensei que tivesse ficado muda pra sempre.

35

Suas palavras se esconderam atrás da língua, no fundo do céu da boca, paralisada de tristeza.

Foi nessa noite que Germano, sentindo-se livre, sem pai nem mãe, e indignado com sua própria condição de aluno expulso, se juntou a seus amigos, irmãos de sorte, e zuniram para a casa da Odete. E com aquelas caras de quem não tem nada a perder, foram logo entrando e pedindo bebida forte. As mulheres iam chegando, dando as boas-vindas aos galinhos garnisés.

Como tinham dinheiro pra pagar, arrumado não sei como, tiraram a barriga da miséria, naquele famoso dia de inauguração de homem. A música embaçava as palavras deles, já meio emboladas pelo efeito da bebida.

Nas cidades do interior, as casas das mulheres-damas, que era como os adultos as chamavam, tinham muito riso, som alto e um fascínio que deixava todos curiosos.

Eu e a Stella ficávamos de orelha em pé com as novas palavras que ouvíamos. E quando alguém falou uma vez que "o doutor Jacy era uma pérola, uma dama!", pronto. Misturava tudo com o que a gente tinha ouvido sobre as tais casas.

Na decoração da sala dessas damas tinha quadros pendurados nas paredes, cortinas estampadas, flores nos jarros. Usavam brincos bonitos, roupas vistosas, decotes, tinham vozes cantantes – contavam os meninos, que passavam na rua e espichavam o pescoço pra ver se "pescavam" alguma novidade pra sair espalhando feito comadres.

A Lourdes Soneto, além de bonita e bem cuidada, alimentava a si e aos outros de poesia, com seu inseparável livro encardido, descosturado e ensebado. Um verdadeiro tesouro de frases feitas e de poemas derretidos. Várias páginas pra cada situação: amor desfeito, amor não correspondido, traição, abandono, preconceito, separação, ciúme, sem contar os poemas dedicados aos sete pecados capitais, um capítulo à parte.

Esse "piquenique" na casa da Odete foi uma confusão daquelas. Quando tio Renzo percebeu a cama do Germano vazia, já era bem tarde. Ele se vestiu depressa, calçou os sapatos sem meia e, muito afobado, ganhou a rua. Meu Deus, onde procurar primeiro?

No boteco do Valdemar, com meia porta fechada, disseram que o Germano poderia estar comemorando a "formatura antecipada" na casa da Odete, onde não tinha tempo ruim. Porque todos ficaram sabendo do acontecido na escola. Em cidade pequena era assim, a notícia corria solta e os comentários se prolongavam por mais de uma semana.

A tal casa ficava atrás do cemitério, numa rua sem calçamento, com poucas moradias e uma venda, que fechava cedo, pra evitar amolação. Nem bem alcançou a rua, tio Renzo avistou a corja voltando, cantando e falando alto, cada um se vangloriando mais que o outro. Uns caíam na poeira, riam, se levantavam, tropeçavam. Germano era o mais entusiasmado. Quando reconheceu o tio Renzo, deu de ficar valente.

Tio Renzo pegou o sobrinho pelo braço, com força, mostrando o caminho de casa, sem falar nada, que não era dado a escândalo. O silêncio de seus olhos claros, muitas vezes, cortava que nem faca. Apenas os lábios finos se apertavam contra os dentes e uma tremura o fazia entrecortar as palavras.

Chegando em casa, deixou o Germano desmontado na cama, com roupa e tudo, e fechou a porta da sala com vontade, como se despachasse o resto da turma para não sei onde. Uns fugiam, outros, mais molengas, descansavam na calçada. Se fosse eu, mandava os desmiolados para os quintos dos infernos! Mas acostumei a pôr freio até nos pensamentos, pois tinha trauma daquele tição em brasa usado por M. M.

Stella, que tinha afastado a cortina e visto mais ou menos o Germano ser trazido pelo braço, estava meio sonolenta. Ao ouvir a pancada da porta, lembrou-se do gigante que a aterrorizava nos sonhos e que, naquela noite, tinha vindo com um pedaço de madeira matar suas borboletas de seda.

O *dia seguinte foi um desastre,* principalmente pra quem tinha o rabo preso, como o Germano. Ele acordou reclamando de uma dor de cabeça horrível, a boca amarga, com gosto de guarda-chuva, os dentes grossos.

Não sei quem inventou essa expressão "gosto de guarda-chuva". Que eu saiba, ninguém tinha comido um pra falar que gosto tem! Mas deixa pra lá. Pior foi o tio Renzo, que nesse dia não deixou por menos:

– Espero que essa doideira de rapazinho conhecendo a vida, tipo "quem nunca comeu melado quando come se lambuza", pare por aqui, porque se pegar o costume, não sei o que será do pobre do seu pai.

Recebemos a notícia de que o seu Rodolfo seria operado de úlcera no estômago e que demoraria uns dias na capital. O caso era sério. Stella quis chorar, mas tio Renzo falou que abrir a barriga não era nenhum bicho de sete cabeças. Era de duas cabeças, no máximo, brincou ele, já saindo pra buscar as marmitas na pensão da dona Iza.

Tio Renzo foi atrás da Vicência, antiga ajudante da dona Maria Marta, pra pedir que fizesse faxina três vezes por semana, lavasse e passasse a roupa da casa e, quem sabe, fizesse umas compras, caso ele não entendesse bem o jeito dos lanches dos meninos. E deu muito certo. A Vicência fazia a comida, fazia bolo, bolachas de nata, doce de leite, conversava com a Stella, arrumava a roupa e assim os dias foram passando.

Pouco a pouco, as coisas foram caindo no cotidiano. A escola andava sem graça. Em casa, Stella não queria brincar de desenhar, de fazer roupa de boneca, de bordar na folha da taioba. Não alisava o Biezinho nem amarrava a gravata no pescoço dele, como a gente gostava. Os pais demorando pra voltar. A cada dia Stella mais jururu, murcha como aquela lua sem graça lá no céu. A boneca Eliana, tão companheira, ficou jogada em cima da cômoda, entregue às baratas.

Numa tarde de domingo, a casa estava triste. O tempo nublado ameaçava tecer as primeiras rendas de chuva. Tio Renzo tinha ido assistir a uma partida de futebol num terreno vago, que diziam pertencer à paróquia, daí o nome Buraco do Padre. Germano chegou meio alterado em casa, acho que tinha feito a gracinha de tomar cerveja. Veio com o Joel, aquele imprestável, cada qual falando mais besteiras. Entraram pelo beco, abriram o portão do quintal, talvez com receio de dar de cara com o tio Renzo ou alguma visita.

Germano subiu a escadinha, entrou na cozinha, acho que foi tomar água ou sal de fruta. Joel ficou no quintal esperando e viu a Stella chamando pelo gato Biezinho, temendo não encontrar o bichano antes da chuvarada que se anunciava.

Joel chamou Stella pra ver umas borboletas lindas e diferentes e levou ela até o galinheiro desativado. Ainda havia uns poleiros, um bebedouro amassado, tijolos, algumas telhas quebradas sobre o piso de terra batida e uns cocôs de galinha, já endurecidos, deixados como recordação.

Os passarinhos tratavam de se esconder, as borboletas voavam baixinho, medrosas, vindas da roseira branca pra debaixo de um pé de limão. O coração de Stella foi ficando apertado, a chuva começando a cair. O medo tirava a força de suas pernas e ela fincava os dedos na saia do vestido branco de tira bordada. Bem que ela quis correr pra dentro de casa, mas Joel agarrou a Stella, puxou ela pra dentro do galinheiro e pôs uma escora pesada fechando a porta de dobradiça enferrujada.

– Eu quero sair daqui, Joel, aqui não tem borboleta nenhuma, seu mentiroso. Estou com medo da chuva. Vai cair uma tempestade. Socorro, tio Renzo, SOCORRO! PAI! GERMANO! – gritava Stella.

– Cala a boca, bobona! Só vou brincar com você. Obedece, senão quebro seus dentes. Se contar pra alguém, quebro a boca inteira – Joel falava baixo, com aquele bafo de bebida misturada com cheiro de cigarro, espremendo-a sobre as telhas quebradas.

O terror tomou conta da menina, que mal sabia o que estava acontecendo. Sentia medo, raiva e nojo. A chuva começou a chorar forte, quase gritando no telhado quebrado, por onde desciam lágrimas geladas. Seus braços e pernas ficaram bambos e frágeis, como asas de borboleta morrendo, e ela tinha ferido os joelhos.

Foi aí que Germano desceu para o quintal, chamando alto pelo Joel e ouviu um barulho e gritos abafados de socorro. Sem pensar duas vezes, deu um pontapé na porta do velho galinheiro e encheu o Joel de socos, mandando a Stella subir para o quarto. Os dois brigaram debaixo da chuva por alguns minutos. O olhar de ódio que Germano lançava ao colega dizia mais que todas as palavras do mundo, expulsando-o de lá.

Stella nem quis ver a brigalhada e fugiu dali correndo, aos prantos. Entrou no seu quarto, fechou a porta a chave e, tomada de medo, coração aos pulos, machucada no braço, com marcas daquelas unhas pretas, e nos joelhos, tirou o vestido sujo e amassado, escondeu numa velha sacola e vestiu outro limpo.

O cheiro de mofo e de barro não saía de seu corpo, mas ela estava com medo de ir tomar banho, dar de cara com o Joel e ficar sem os dentes. Ficou trancada até tarde, quando ouviu a voz do tio Renzo, que tinha chegado, chamando pra comer macarronada.

– Não quero, tio, não tô com fome. Quero dormir respondeu com a voz apagada.

Tio Renzo, que sempre foi bom observador, estranhou, porque Stella adorava macarronada. E a dúvida cedeu lugar à preocupação quando viu o Germano gemendo abafado em seu quarto, com os ferimentos. Quis saber o motivo, mas Germano só dizia:

– Aquele cara me paga. Amanhã ele não me escapa.

Brigou de novo.

– Que falta fazem os pais desse moleque – resmungava o tio. – Já não estou aguentando mais. Não tenho prática em lidar com esses meninos de hoje. Raça mais custosa! A outra não quis comer. O mocinho tomou chá de vingança. Não vejo a hora da Marta e do Rodolfo voltarem!

No outro dia, bem cedo, na mesa da copa, Germano encontrou Stella. Estavam sozinhos e ele aproveitou pra saber se ainda doíam os machucados e o que tinha acontecido de verdade. Stella nunca havia visto tanto carinho e cuidado nos olhos do irmão. Ela contou que Joel veio com uma conversa fiada de olhar borboleta, fechou com força a porta do galinheiro, ameaçou, derrubou ela no chão e puxou o braço dela, mas que ele ficou com medo quando ouviu Germano chamando. Aquele Joel era um feioso, um bafo de onça , um bobão sem educação nenhuma.

Germano mascou a raiva, engoliu um café com pão seco e saiu correndo pra rua. Já que não ia à aula, concluiu que Joel também estava dando sopa na cidade. Andou, passou pela pensão, pelo bar, virou o quarteirão perguntando por ele.

Depois de muito procurar, encontrou Joel na entrada da oficina do avô, como se ali estivesse resguardado de todo e qualquer perigo. Germano chegou, olhou bem nos olhos dele, deu um sonoro soco, chamando a atenção de seu Rui, que estava regulando um carro.

Ao ver o neto nocauteado no meio da calçada, o lábio sangrando, ele gritou com Germano querendo saber o motivo daquela briga.

– Pergunta pro Joelzinho – ironizou. – Isso é pro seu neto aprender a respeitar a família dos outros. Ele tá riscado do meu caderno pra sempre, esse bicho nojento! Tenho vergonha de ter sido seu amigo!

Joel não pronunciou palavra. Limpou a boca na manga da camiseta, imunda como sempre, e, pisando duro, saiu pra casa, que ficava perto da oficina. A avó, ao ver o neto nervoso daquele jeito, quis saber o ocorrido. Ele inventou uma desculpa:

— Isso aí, vó. O Germano não foi acostumado a perder. O time dele não dá uma dentro. Aí ele desconta nos amigos. Além disso, ele tá aflito com o pai no hospital e com medo da reação dele quando souber da nossa "canção do exílio escolar" ou das "férias temporonas". Não sei qual das expressões ele vai usar quando o seu Rodolfo chegar. Se chegar.

Depois desse dia, tio Renzo passou a prestar mais atenção em Germano. Ficou até preocupado, porque o sobrinho mudou em relação à Stella, que estava com umas marcas no braço e mancava um pouco. Ela falou que tinha escorregado na escola. Germano estava tratando a irmã com mais paciência, parecia vigiar os passos dela, zeloso até demais. Um dia chegou a trazer carambola e laranja-serra-d'água pra agradar a irmã. "Aí tem coisa", pensava o tio.

Stella andava meio distraída, mas não tão triste como na semana anterior. Certa noite, no quarto, ela abriu a gaveta de cima da cômoda, pegou o livro da novena, encapado com um papel estampado com estrelas e borboletas (sempre elas!) e desenhou numa página quase em branco um garoto de sardas, sorrindo. Fez também umas asas de anjo nas costas do menino, escrevendo "MEU EROI", assim, desse jeito.

A partir daquele dia, quando Germano não estava, ela não se separava do tio Renzo pra nada. Ele ia pra cozinha, ela ia atrás. Ele ia cuidar das plantas e das flores, ela ia junto. Quando ele ia ao banheiro, ela ficava rondando na porta, fingindo estar esperando pra ir também. Às vezes, ficava a maior parte do tempo acordada, vigiando pra ver se tinha alguém no quintal.

O tempo não firmava. Continuava triste e cinzento. Dava um olhinho de sol, nublava de novo. Tio Renzo estranhou um pouco aquele exagero da sobrinha, mas imaginou que pudesse ser saudade dos pais. Ou um resto de medo daquela chuva de domingo.

Depois tio Renzo foi notando que as fotos dos irmãos, divididas em alguns porta-retratos, apareciam juntas sobre os móveis, enfeitadas com vasos de cravinas e chuva-de-prata. Quem diria! Aqueles dois antes viviam como gato e rato.

A *vida, além de costurar,* gosta de fazer crochê, e a cada dia inventa novas laçadas, novos desenhos de esperança. Já falei isso, mas digo e repito. Foi numa dessas voltas de linha que a coisa melhorou, quando a dona Iza gritou, chamando o tio Renzo pra atender o telefone. Na pensão, havia uma espécie de telefone público. A maioria das casas não tinha telefone. A comunicação era difícil naquela cidadezinha de meu Deus.

– Gente, gente, Stella, eles voltam amanhã. Seu pai ganhou alta. Vai fazer repouso em casa! – comemorou Tio Renzo.

Tudo mudou a partir dessa notícia. Tio Renzo chamou Stella pra colher flores pra pôr na floreira, capinou os canteiros de verduras e de flores, que andavam meio desdeixados. Foi um corre-corre sem fim a arrumação da casa para a chegada dos dois.

Que foi um dia maravilhoso, ah, isso foi. O pai tinha emagrecido muito, parecia mais narigudo e mais moreno. A mãe, até que não. Estava mais bonita, de vestido novo comprado pronto, de tecido estampado com flores que a tia Rita deu. Trouxeram lembranças pra todos. Germano ganhou uma bermuda e uma camiseta amarela, Stella e eu ganhamos sandálias, uma caixinha de aquarela e chocolates, e tio Renzo, uma camisa listrada.

Seu Rodolfo deu um abraço tão emocionado em Stella, que ambos choraram, sem dizer nada. Os dedos dela se enterraram na lã puída do casaco do pai. Naquele instante, eles se mudavam de mala e cuia para o país da alegria, da segurança e da confiança em dias melhores. A mãe também apertou Stella como nunca.

— Você ficou bem, minha filha? Teve medo da chuva? Cadê seu irmão?

Germano chegou depois um tanto esbaforido, com a cara ressabiada de sempre, os cabelos molhados. Na certa, tinha vindo do açude. Cumprimentou os pais, gaguejando um pouco, e saiu logo para o quarto pra mudar de roupa.

Dona Maria Marta disse que teriam de voltar ao hospital dentro de quinze dias, para ver se tudo estava bem. O coração de Stella quase parou nesse momento, de tanto medo de ficar sem os pais de novo. Mas logo as visitas foram chegando, M. M. explicando como tinha sido a cirurgia, como seria a dieta do seu Rodolfo, o jeito do hospital e das enfermeiras, as noites de preocupação. Achei até que os ares da cidade grande tinham feito bem a ela, que ficou mais despachada e até mais risonha.

Seu Rodolfo não conseguia esconder a preocupação com o futuro de Germano. Mal chegou, já ficou sabendo do problema na escola. Coçava a cabeça, preocupado. Não tinha condições financeiras de colocar o rapaz num colégio da capital, nem de mandar para a cidade vizinha terminar o ano, porque não tinha parentes lá. Deixar um garoto solto numa pensão, nem pensar! Ainda mais o Germano! Ninguém aceitaria tal responsabilidade.

A possibilidade de ver o filho crescer sem ter um estudo assustava muito o seu Rodolfo. Cada vez mais, com o progresso chegando, o estudo faria falta, como na hora de arranjar um trabalho melhor. E não era só isso. Tinha também a formação que o conhecimento traz. Como o filho poderia recuperar o tempo perdido?

Encaminhar Germano passou a ser o sonho do pai. Era mais que um sonho colorido. Era um sonho dourado. A Stella, sim, continuaria os estudos. Certamente, ela moraria com a tia Rita, que tinha prometido dar escola, uniforme e livros. Carinho também, que ela era muito generosa e tinha afeto pra dar e vender! E a Stella ia precisar. Com aqueles primos...

Depois de conversar muito com o tio Renzo – que contou parte dos fatos acontecidos –, seu Rodolfo achou que o melhor seria dar um jeito de arrumar uma ocupação para o Germano não ficar perambulando pela rua ao deus-dará. O ofício de mecânico daria muito certo. Quem sabe ele pegava gosto e, mais tarde, poderia voltar aos estudos no turno da noite? Logo que pudesse, seu Rodolfo conversaria com o seu Rui.

O pai do Edson conseguiu mandá-lo para a cidade vizinha, onde sua filha mais velha morava, para concluir o curso. E por falar no Edson, a última vez que ele viu o Germano foi no dia em que ficou na pracinha, esperando o pai buscar sua transferência na escola. Ao se encontrarem, ele falou, com a voz tremendo de emoção:

– Você, Germano, é um cara legal e nunca vou te esquecer! Quem sabe a gente se encontra mais tarde e volta a atacar de Os três mosqueteiros outra vez?

– É, companheiro, pode ser. Mas agora os Três Mosqueteiros serão três mesmo. O Joel tá fora. Aquilo não vale a comida que come.

– Nossa, Germano, o que o coitado fez pra você pegar pesado assim?

– Tremo de raiva só de pensar. E de coitado, ele não tem nada. É um ingrato e um mau-caráter. Quantas vezes eu chamei ele pra lanchar lá em casa, ouvia ele se queixar da falta da mãe, trabalhando em São Paulo, ficava com pena, ele pedia arrego, eu dava. Você acredita que o infeliz, de cara cheia, quis se aproveitar da Stella, lá no galinheiro, até machucou a menina, e só não foi adiante porque eu cheguei e quase matei ele de porrada?

Envoltos no espanto e na decepção, os dois amigos nem notaram que o tio Renzo, no banco da praça, de costas, ouvia, apavorado, a conversa deles com a maior atenção. A desconfiança fez o tio seguir o sobrinho, pra tentar descobrir mais alguma coisa. Porque falar, rasgar o verbo, Germano não falava. Desconversava sempre. E as mudanças que o tio Renzo percebia nele não eram poucas.

Dias depois, seu Rodolfo chamou o Germano pra falar sobre a possibilidade de arranjar um emprego pra ele na oficina do seu Rui. E disse também que ficou surpreso quando o mecânico contou que os dois moleques tinham se estranhado recentemente.

– É, pai, não estou tirando o corpo fora do trabalho, mas lá na oficina do seu Rui eu não ponho os pés. Arranje outro lugar que eu topo.

Tio Renzo, que estava perto, fez um sinal com a cabeça para o irmão, botou água na fervura e disse que ia ajudar a procurar uma ocupação para o Germano. Quem sabe na mercearia dos pais do Edson, até conseguir um lugar em que o Germano pudesse aprender um ofício?

Seu Rodolfo sossegou o coração e aceitou a ideia do tio Renzo, que tinha um jeito muito bom pra convencer as pessoas, sabia escolher as palavras e o jeito de dizer, medindo a água e o fubá, como eu já contei.

Estava chegando o dia de dona Maria Marta retomar com seu Rodolfo ao hospital. Dessa vez, depois de conversar com o tio Renzo, que agora tinha virado especialista em cuidar de sobrinho, ela achou melhor deixar a Stella com a vizinha, dona Iza, que se ofereceu pra ficar com a menina. As casas eram próximas e dois ou três dias passariam depressa. Nem precisaria incomodar a Vicência por tão pouco tempo. Germano ficaria com o tio Renzo. Parecia que tinha crescido. Andava mais caseiro e concordado. Parecia outro Germano.

A pensão da dona Iza era muito boa, tinha poucos hóspedes, a maioria viajantes, representantes de farmácia, bebidas ou roupas prontas. Duas netas dela, Hélia e Hely, já mocinhas, não saíam da pensão e poderiam fazer companhia à Stella.

Dona Maria Marta, antes de sair, entregou à dona Iza uma maletinha com algumas roupas de vestir, o uniforme da escola, material escolar, o inseparável cobertor xadrez, toalha de banho, sabonete e xampu. Stella completou com outros objetos muito necessários, como revistas, álbum de artista, latinha de biscoito, a novena de São Judas e uma foto dela e do Germano, abraçados, vestidos para uma festa junina.

Depois da ida de dona Maria Marta com o marido, Stella tratou de ficar bem quieta com a dona Iza e as netas. Pelo menos, na pensão estava livre do Joel.

E você não sabe da maior: na sala da pensão tinha um piano! A Hélia ajustava o banquinho, abria e lia um livro grande cheio de cachinhos de uva desenhados numas linhas. Ela tocava músicas muito bonitas. Ficamos sabendo que aqueles desenhos eram partituras. Coisa importante demais que as duas tinham aprendido na cidade vizinha: ler música. Eu e a Stella não entendíamos umas canções meio tristes, que pareciam de enterro, mas tinha outras bem animadinhas.

Dona Iza era muito dedicada. Mantendo a pensão sempre bem-arrumada, exibia panos engomados sobre as cestas de pão, talheres brilhando, uma beleza! Ela tratava todo mundo bem e, como eu já disse, era mestra em fazer lombo de porco com batata assada, a pedido dos pensionistas, fixos ou temporários, que lambiam os beiços só de lembrar. Tio Renzo chamava esse prato de "justiça divina", porque era uma coisa que não faltava. Mais cedo ou mais tarde, vinha!

Além desse prato divino, tinha os biscoitos assados no forno de barro, lá na coberta do quintal. Toda quinta-feira, a Nina do Zé Cambota vinha, de pano branco amarrado na cabeça, toda frajola, "biscoitar" pra dona Iza. Fazia bolachas de farinha de trigo, biscoito de polvilho doce e azedo, biscoito quebrador e as tais broinhas de fubá de canjica. Esses biscoitos eram colocados em latas grandes e duravam muito. As broinhas, não. Com o passar dos dias, ficavam ressecadas e davam mofo. Ah, essas broinhas ficaram na história. Stella adorava pôr recheio de doce de leite dentro delas. Dona Iza chamava essa gostosura de "bomba". Mas quem estava perigando na escola não podia nem falar o nome. Pra não dar azar!

Você pode até estar estranhando alguns nomes desta história que estou contando, mas, por exemplo, o Zé Cambota era baixotinho e gingava muito quando andava. Ele usava uma bengala, pra ajudar a ter firmeza nos pés tortos. Um dia gingou tanto que perdeu o equilíbrio, deu uma cambota, caiu e se machucou muito, coitadinho. E o apelido pegou.

Cada vez mais tio Renzo ficava pensativo, com o olhar perdido no vazio, a mão ora no queixo, ora na orelha cheia de cravos. Não sabia se falava com o Germano sobre o Joel, se contava direto para o seu Rodolfo o que tinha se passado com a Stella enquanto eles estiveram fora. Será que aquele baita susto teria traumatizado a menina? O que ela estaria sentindo agora?

A dúvida era uma bailarina que voava e dançava em volta da sua cabeça. Ninguém ligava para o jeito calado e o olhar distante dele. Tio Renzo era assim mesmo. Escondia tudo nos subúrbios do pensamento.

Ele prometeu a si mesmo falar com dona Maria Marta tão logo ela chegasse da capital. Para refrescar a cabeça, voltou para o quintal e foi mexer nos canteiros de hortaliças.

As mudas de alface estavam bonitas; as couves e os repolhos, muito viçosos. Os tomates, agora amparados nas estacas de bambu, exibiam seus vermelhos em diferentes tons. As borboletas voavam, como sempre, sobre a roseira branca, repetindo o mesmo bailado. E as danadas das formigas recortavam, com incrível agilidade tudo que era folha.

Tio Renzo ficou danado da vida. Pegou a caneca esmaltada e fez uma dose caprichada de veneno para acabar com a festa daquelas cortadeiras: "Hoje eu acabo com essa história de uma vez por todas. Vou cortar o mal pela raiz, suas comilonas", pensou em voz alta.

Tio Renzo ia derramando o formicida com cuidado e contemplando a correria das formigas para se salvarem. Ele tinha os olhos parados, fixos na terra perfurada, campo minado, explodindo minúsculas granadas por todos os cantos.

Aquele estado de concentração foi quebrado pelo recado de dona Iza, avisando que dona Maria Marta queria falar com ele pelo telefone. Que ele fosse depressa, porque a ligação estava caindo a toda hora. Ele largou tudo e saiu correndo para atender.

O irmão e a cunhada voltariam no dia seguinte, à tarde, e estava tudo bem. Stella, na pensão, não se continha de alegria.

Entardecia. As cordas do frio preparavam sua afinação, anunciando o começo do inverno. Germano ainda não havia chegado da mercearia. Tio Renzo aproveitou e saiu. Ia conversar com o seu Rui. Não ia esperar mais.

Em poucas palavras, resumiu para o amigo o que estava acontecendo com o neto, inclusive o caso da Stella. E o da bebida no bar do Valdemar. Joel estava pegando o gosto e isso não ia dar boa coisa. Com o Germano, ele já tinha falado e o rapaz tinha prometido esquecer aquela bobagem de tomar cerveja pra exibir maioridade.

– Meu Deus do céu, Renzo, que coisa triste. Criar esse menino tá sendo muito difícil pra mim. A patroa não anda bem. Vou falar com a mãe dele, que agora deixou um telefone. Tá passando da hora dela assumir o filho que teve.

Tio Renzo despediu-se e saiu de cabeça baixa, voltando ao passado, pensando como seria se ele tivesse casado com a Celmi e se eles tivessem tido um filho da marca desse Joel.

No dia seguinte, seu Rui ligou para a filha e pediu que viesse imediatamente, ela precisava dar um jeito na situação. E, se possível, levar o filho pra São Paulo. Hora melhor não tinha. Quando chegasse, conversariam mais.

Bastante ansioso e triste, seu Rui ficou esperando o neto na porta da oficina. Quando Joel chegou, com aquele passinho de urubu malandro, o avô foi logo despejando os assuntos pra

aproveitar a raiva e a desilusão que estava sentindo. Falou tudo de uma vez, pondo unhas nas palavras: o caso da Stella, do bar, inclusive a ida pra São Paulo, mas sem levantar a voz, sem encostar um dedo no Joel. Que ouviu com raiva, querendo interromper o avô. No entanto, seu Rui foi firme como nunca tinha sido e não aliviou o discurso, para desaponto de seu machucado coração de avô.

Em vez de entrar, Joel deu meia-volta e disse que ia sair pra pensar um pouco. Pra criar coragem, foi direto para o bar do Valdemar, cheio aquela hora. A mesa de sinuca, disputada como sempre. Joel chegou perto do Taquinho, seu amigo e também ajudante no bar, pediu duas doses de uma bebida destilada, que desceram como labaredas, também por causa do estômago vazio, e pediu pra anotar. Que coisa! Anotar era fácil! Não tinha esse negócio de lei proibindo venda de bebida alcoólica para menor. Depois Joel sussurrou umas coisas parecidas com um plano que estavam armando, recebeu um embrulho que o Taquinho trouxe dos fundos do bar, e saiu rindo, confiante. Tudo daria certo.

Já estava meio escuro. Joel rumou pra casa da Stella. Viu o quarto do Germano com a luz apagada, a do banheiro também. Só a da sala acesa. Sua raiva não tinha acostamento nem sinal de alerta. Ele sabia que a menina estava com a dona Iza. A ocasião não podia ser melhor. Abriu o portão, entrou no quintal sem fazer barulho, e foi para a coberta. Era lá que o gato dormia.

Foi procurando por ele e chamando com cuidado, até achar Biezinho enroscado perto de um monte de madeira. Foi um golpe no bichinho. Jogou nele, de uma só vez, a lata de tinta verde. O gato deu um miado de raiva, surpreendido com o banho.

Quando ia saindo, Joel sentiu-se mal, uma zonzeira no rosto, boca amarga, querendo vomitar. Na camisa, umas manchas de tinta verde espirradas do banho no gato. Mesmo assim, achava graça em dizer:

– Era uma vez um gato branco, lindo e maravilhoso, parecendo bicho de artista de cinema – comemorava, arrastando a voz.

Como conhecia o quintal muito bem, correu até o tanque, querendo água. A caneca esmaltada de azul, esquecida ali, bem perto, à disposição. Tomaria água, jogaria um pouco na roupa e sairia de mansinho, sem ninguém ver. Tinha sido uma noite de sorte, pensava, rindo um sorriso torto. A bobinha, que tinha inventado tanta coisa sobre ele, teria uma surpresa no dia seguinte.

Joel pegou a caneca, abriu a torneira, bebeu um gole bem farto e quis tirar mais água pra jogar na roupa e no rosto, que parecia em brasa, mas a caneca logo caiu e rolou sobre o cimento em volta do velho tanque.

Tio Renzo, lendo um pedaço de jornal lá na sala enquanto esperava o Germano, que estava demorando um pouco pra chegar, ouviu um tinido no quintal e correu até a janela, pensando ser barulho do sobrinho.

– Germano, é você? Demorou hoje! Ficou ajudando seu Guido descarregar mercadoria?

O silêncio incomodou o tio Renzo, que desceu a escada, chegou ao quintal e acendeu a luz da coberta.

A partir desse momento, foi um rebuliço que você nem pode imaginar. O gato Biezinho todo verde, andando de um lado para o outro, ressabiado, meio às cegas com o excesso da tinta no corpo todo. A madeira também encharcada, esverdeada como se estivesse coberta de lodo.

Um gemido que não era do gato podia ser ouvido também. Andando mais um pouco, seguindo o barulho, Joel se contorcia no chão, a língua começando a inchar no meio da baba. Tio Renzo ficou pálido e trêmulo como pétala de rosa branca desmantelada, e só teve tempo de ver a caneca esmaltada caída ao lado do tanque, pontuando um recado do destino. O que ele mais temia e fazia tudo pra evitar, acontecendo ali.

53

Germano tinha acabado de chegar do trabalho e viu tudo, boquiaberto. O doutor Jacy foi chamado aos gritos. Depois correram com o Joel para o Posto de Saúde, seu Rui foi chegando com a mão na cabeça e a voz cortando a garganta num desespero de dar pena. A filha tinha avisado que chegaria no dia seguinte pra resolver aqueles problemas.

O doutor Jacy, tentando daqui e dali, fazia o que podia. O Joel mole como um fantoche. Remoção pra capital nem pensar. Era preciso agir ali, rápido, adotar um procedimento correto e tratar os sintomas. O tio Renzo falou o nome do formicida ingerido. Bem que todo mundo falava que era Deus no céu e o doutor Jacy na Terra.

O menino demorava pra reagir, e o olhar do médico parecia não ser tão confiante, como no início. A cidade inteira já estava sabendo e os curiosos já faziam fila na frente do Posto pra reunir mais notícias. Germano tinha ficado lá dentro, na recepção, com o tio Renzo, e os demais funcionários detinham as pessoas, evitando tumulto.

Dentro do coração de Germano, um diabinho e um anjinho lutavam. O primeiro se vangloriava pela vingança, pela desgraça merecida, enquanto o segundo insistia no perdão e pedia ajuda aos companheiros anjos pra salvar o Joel, porque um só não estava dando conta do recado. A coisa tinha ficado feia.

"Ora, ora, vai agora ficar sentimental, querendo que o peçonhento se salve? Vai afrouxar o cinto, amarelar, voltar atrás? Só falta fazer uma promessa pro engraçadinho se safar dessa enrascada. Não dou um minuto e você já vai prometer deixar o futebol, parar de comer massa durante um mês, tão logo o boneco de engonço ganhe alta!"

"Isso mesmo, meu filho. O perdão foi feito pra gente usar. Olha como seu corpo fica mais leve, perdoando o coitado do Joel. Errar é humano. Seja coerente com tudo aquilo que aprendeu em casa. Santinho você nunca foi. Atirar a primeira pedra não faz o seu gênero."

Perdido no meio desse fogo cruzado de conselhos, Germano pensava sozinho em quem acreditar, que sentimento acolher. Só conseguia pensar que a grande batalha é aquela travada dentro do próprio coração.

"Que covardia!", concluiu o anjinho. Ou teria sido o diabinho?

No meio do fio sinuoso que formava aquele ponto de interrogação, Germano percebeu que o tio Renzo colocava a mão no seu ombro e dizia que o Joel já estava reagindo e dando algum sinal de vida. Amargurado com os próprios pensamentos, Germano experimentava o desconforto da dúvida. Mal sabia que aquele era um dos momentos importantes em sua adolescência. Depois, como dois e dois são quatro, ainda vinha mais vida.

Stella ouviu um zum-zum-zum na pensão e passou da euforia pela chegada dos pais a um estado de angústia tão grande que dona Iza pediu à neta pra sair com ela à procura do irmão e do tio, e tentar saber alguma coisa de concreto. Chegando ao Posto, não deixaram as duas entrar. Tio Renzo ouviu os gritos de Stella e foi conversar com ela, explicando o fato como podia e preparando a sobrinha para enfrentar o episódio da transformação do gato, agora mais verde-esperançoso do que nunca, mal comparando.

Esse pedaço aí em cima, em branco, que eu sei que é pequeno, deixo pra você imaginar o que aconteceu quando Stella, acompanhada pelos pais que tinham acabado de chegar, viu o amigo Biezinho todo verde e gosmento, se arrastando, retraído, trêmulo, humilhado. Porque eu nem sei se dou conta de descrever o que ela sentiu naquela hora.

A mãe de Joel também já estava na cidade, decidida a levar o menino pra São Paulo com ela. Agora não tinha mais jeito. Procurou pelo pai e pelo filho e levou um susto além da conta ao deparar com o estado lastimável do filho, internado no Posto. Ele estava um pouco melhor, mas ainda exigia cuidados. Com muita dificuldade, dizia querer ver o Germano.

No dia seguinte, quando os dois garotos se olharam, tinha qualquer coisa no ar. Era de tardinha. O Sol se aprontava vestindo seu terno vermelho todo extravagante para embarcar no trem da noite. Parecia que na tela da parede do quarto passava um filme antigo em que quatro meninos brincavam de ser os Três Mosqueteiros.

E foi assim que Germano sentiu escorrerem umas lágrimas que ziguezagueavam por entre as sardas ainda infantis e olhou para o rosto amarrotado do Joel, que juntava forças pra pedir perdão. Germano sabia que não se veriam mais. Melhor assim. Nada falou. Também se sentia um bicho vagando na madrugada, com pena de si mesmo.

Além do que foi dito, eu só queria explicar que, tirando a Soraya, aquela trapezista do circo que foi embora, e a Eliana, que foi uma boneca muito boa e confidente, a Stella nunca teve, durante a infância, uma amiga de verdade. Nem prima chegada pra quem teriam sido contados todos os sonhos e medos. Apenas umas colegas de escola, boazinhas, de festinhas de aniversário. Mas elas lá, Stella cá.

Só teve eu, que tudo via e tudo sabia. Eu poderia ser uma dessas amigas, primas, colegas, boneca, ou o que mais a Stella e outras tantas crianças solitárias quisessem imaginar. Por isso eu estava sempre ao lado dela, para espantar os medos; era comigo que ela podia falar sobre as coisas mais secretas, sem o risco de se sentir ridicularizada. Com o tempo, a Stella cresceria, seguiria sua vida e seriam outros quinhentos.

Foi assim que desenrolei a história da Stella e também a do Germano, falando de suas alegrias, lembranças, amizades, dores, descompassos, ressentimentos e de tantas outras emoções

que foram se ajuntando aos poucos como tatuagens feitas na carne do coração.

O que sei é que todos os medos e todos os pesos podem ser suportados se a gente conta uma história – falada, escrita ou desenhada –, misturando eles no meio. Posso dizer com certeza que a Stella não precisará mais de mim, porque está crescendo e sua mãe vê com bons olhos, graças a Deus, a roda de amigas que se formou em torno dela. Além disso, ela e o Germano se dão bem. Ora juntos, ora não tanto, ou melhor,irmão e estrela, como a mãe imaginou.

Com o passar do tempo, vamos percebendo as nuanças da vida. Umas vezes, costureira e fazedeira de crochê; noutras, cozinheira, alternando salgados e doces, como fazia M. M. Pensando melhor, acho que a vida acumula inúmeras funções, como a de carpinteira, biscoiteira, artista, médica, mecânica, jardineira, arrumadeira, professora.

Afinal, a costura, o rendado, os doces e todos os saberes e aptidões têm, no fundo, o vigor e a beleza das flores delicadas, como as borboletas que enfeitam os dias. Por mais que enfrentem a chuva e procurem abrigo nas rendas brancas da roseira ou sob um limoeiro, sempre voltam renovadas em suas companheiras – prontas para tecer mais uma história nos quintais do tempo.

Arquivo da autora

Sobre a autora

Nasci em Itaguara, interior de Minas Gerais. Aos catorze anos fui estudar em Belo Horizonte. Fui professora durante vinte anos ou mais. Hoje trabalho com oficinas, cursos e palestras. Cursei Letras e Ciência da Informação, fiz especialização em Literatura Infantil e Juvenil e mestrado em Literaturas de Língua Portuguesa. Publiquei cerca de trinta títulos para crianças e jovens, como *Chorinho de riacho e outros poemas para cantar* (Formato), *Pintando poesia* (Autêntica), *O menino Leo e o Poeta Noel* (Dimensão), *Amores em pré-estreia* (RHJ), além do teórico A *poesia vai à escola* (Autêntica).

Quando criança, acalentava o desejo de ser artista de teatro ou bailarina, mas à medida que crescia notava que o sonho ia se perdendo na poeira dourada do tempo. Como gostava de escrevinhar aqui e ali, achei que podia ser uma boa substituição. Em 1993, inaugurei minha "carreira artística" escrevendo narrativas em versos para crianças. Depois fui alternando textos em prosa e em versos, e fiz incursões em contos para jovens.

Continuo com a mania de ficar pensando em casos da minha infância, guardando papéis e fotos numa caixa de papelão – meu baú secreto –, emendando pedaços de histórias que vivi, ouvi ou imaginei. Quando um tema me apaixona, fico envolta em seus fios e pareço estar no mundo da lua, mas, no fundo, fico ligada em todos os canais: abertos ou pagos, porque ninguém sabe quando um bom gancho aparece...

Foi assim que nasceu este texto. Juntei muita coisa. Verdades verdadeiras e outras que se esqueceram de acontecer por obra e graça do destino. Peguei carona na beleza leve e efêmera das borboletas. Elas sempre me encantaram, principalmente quando me sentia melancólica, morando longe dos pais, treinando para encarar a vida adulta.

As borboletas são como espíritos viajantes. Quando crisálidas, resguardam a potência do ser, quietas. Depois tornam-se lindas, num voo de ressurreição. Essa metamorfose serviu de fio condutor para a composição da personagem Stella, que vai se transformando devagarinho e assumindo um contorno adolescente.

Escrevi cinco vezes o texto. Ora pegava pesado, ora pegava leve. Espero que você, leitor, mergulhe amorosamente na história, sem reservas, porque tudo é crescimento. De quebra, vale pensar que há uma roseira branca (que existiu mesmo e foi plantada pelo meu avô italiano Vicenzo) a perfumar simbolicamente a trajetória de cada um.

Eu poderia ficar aqui contando quem me inspirou a criar cada personagem, mas daria outro livro. Pra você não ficar muito curioso, digo que o tio Renzo é quase uma cópia "esculpida em carrara" do meu irmão Heleno, artista plástico, de quem tenho muita saudade, e que hoje só pinta no céu.

A literatura, entre tantas funções, humaniza as pessoas e alarga os horizontes. Quero tudo isso e muito mais para você. Alegria, sucesso, enfrentamento e crença na vida. Como acontece com as borboletas. A alma liberta do peso do casulo dança passos etéreos, determinados, apesar de tropeçar, às vezes, em mágoas e surpresas cotidianas e em medos e perdões incertos. Sob a chuva ou em tempo de primavera.

Neusa Sorrenti

Borboletas na chuva

Neusa Sorrenti

■ Bate-papo inicial

Em uma pequena cidade do interior, vivem Stella e sua família: o irmão, a mãe, o pai e o tio. Tio Renzo é uma pessoa doce, que, depois de se aposentar, dedica-se a uma horta e a um jardim no quintal. Maria Marta, a mãe, faz doces e salgadinhos para ajudar no orçamento, e não gosta que a filha brinque na rua. Por isso, Stella passa boa parte do dia observando o jardim, admirando as borboletas e brincando com seu gato. Já Germano, o irmão, é desordeiro, desobediente e egoísta. Vive pelas ruas aprontando confusões, que a mãe esconde do marido. Em meio a tudo isso, a história de Stella e de sua família é traçada, entremeada pelos pontos e bordados da vida.

■ Analisando o texto

1. Relacione as personagens com suas respectivas descrições:
   a) Maria Marta   d) Germano
   b) Seu Rodolfo   e) Joel
   c) Stella   f) Tio Renzo

   ( ) Não tem muitas amigas, gosta de observar as plantas e borboletas, brincar com o gato Biezinho e ir ao circo.
   ( ) Muito complacente com as travessuras do filho. Faz doces e salgados para vender.

( ) Vive se metendo em confusões e desobedecendo aos pais.

( ) Mora nos fundos da casa de seu Rodolfo. É afetuoso e gosta de contar histórias.

( ) É muito afetuoso com os filhos. Tem problemas de estômago e precisa fazer uma cirurgia.

( ) Foi criado pelos avós. É o amigo de Germano mais desenvolvido fisicamente, mas é pouco inteligente.

2. Stella apelida a mãe, Maria Marta, com a alcunha de M. M., não só por causa das iniciais do nome.

a) Quais os significados de M. M.?

R.: _____

_____

_____

_____

b) O que o fato de M. M. ter mais de um significado evidencia sobre a personagem Maria Marta?

R.: _____

_____

_____

_____

3. Sobre tio Renzo, a narradora diz:

"Ele largou a mania de ir ao cinema, largou o emprego, ficou largado de tudo [...].

E foi assim, contabilizando decepções e datilografando monotonias, que o tio Renzo voltou pra nossa cidadezinha e dela jamais saiu." (p. 11)

a) Por que tio Renzo "larga" tudo e volta ao interior?

R.: _____

_____

_____

b) As expressões "contabilizando decepções" e "datilografando monotonias" referem-se a qual característica de tio Renzo?

R.: _____

8. Leia o trecho a seguir.

"Esse livrinho funcionava como uma espécie de diário secreto: nele, a Stella desenhava e copiava o que desse na telha. [...] Ela copiava também, nas margens da novena, palavras e expressões que lia com dificuldade nos jornais, nos letreiros. Ia juntando os pedaços, gostava, mas não sabia direito o significado de tudo o que anotava, como 'amortecedores' e 'consertamos cegonhas'." (p. 13)

Qual a interpretação que Stella faz de "amortecedores" e de "cegonhas"? E qual o sentido usual delas?

R.: _____

_____

_____

_____

_____

_____

9. Leia o trecho abaixo:

"Aliás, o que o tio Renzo ganhava mal dava pra comprar meias. Será que ele sempre demonstrou essa falta de interesse pelo dinheiro e a Celeste percebeu e caiu fora?

Pois é. Umas coisas ruins que acontecem não são de todo ruins. O palhaço Sanfona, de um circo muito do mixuruca que passou na cidade, falava que 'há malas que vão pra Belém', bagunçando o ditado popular." (p. 11-12)

a) Cite expressões da linguagem oral popular presentes no trecho e indique seu sentido.

R.: _____

_____

_____

b) Nesse trecho, há um trocadilho com um dito popular. Transcreva-o e cite o dito popular a que ele se refere.

R.: _____

10. Leia o parágrafo inicial do livro. Ao contar a história, a narradora se refere ao próprio processo narrativo, ou seja, a autora explora o recurso da metalinguagem. Indique uma característica da narrativa sugerida nesse parágrafo.

R.: _____

_____

_____

_____

_____

11. O texto é narrado em 1ª pessoa por uma narradora que se diz a melhor amiga de Stella.
a) Quem é de fato a narradora?

R.: _____

_____

b) No desenrolar da narrativa, há indícios da verdadeira identidade da narradora. Cite alguns deles.

R.: _____

_____

_____

_____

_____

_____

_____

_____

Refletindo

12. Maria Marta é rígida com Stella, porém é permissiva com Germano. Você acha isso correto? Discuta com seus colegas como a educação de meninos e meninas era diferente no passado, e se você acha que essa diferença ainda permanece.

13. Germano e seus amigos põem espelhinhos no chão para verem debaixo da saia da professora. Joel tenta abusar sexualmente de Stella. Os dois fatos estão relacionados ao amadurecimento sexual dos meninos e à necessidade de realização dos desejos. Converse com seus colegas sobre esses episódios, principalmente sobre a reação das vítimas. O que acontece com dona Rô? Você acha correto que ela tenha sido demitida? E Stella? Por que ela não contou a ninguém a violência que sofreu?

Pesquisando

14. No início da história, a narradora revela que tio Renzo se aposentara por causa da tuberculose. Ao descrever a horta do tio, a narradora menciona que todos temiam a "procissão de barbeiros", pois eles transmitiam a doença de Chagas. Em grupos, façam uma pesquisa sobre essas doenças, suas formas de contágio, prevenção e tratamento. Depois redijam um artigo enciclopédico ilustrado.

15. Muitas brincadeiras e práticas culinárias citadas no texto são características do interior de São Paulo. A partir das brincadeiras de Stella e de sua amiga, podemos pensar sobre o direito e a importância do brincar. Liste as brincadeiras citadas no texto. Quais são comuns ainda hoje? Há variações regionais?

■ Redigindo

16. A narrativa de *Borboletas na chuva* não é linear, parece uma "colcha de retalhos": emenda várias histórias, crônicas de uma cidade do interior. Você e seus amigos vão escrever uma narrativa assim. A turma deve escolher um tema comum, que pode ser a própria clas-

te sobre a roseira branca, que achávamos a mais bonita. [...] Da janela da sala, era bom ver as saias de seda colorida das borboletas dançarem sobre o minipalco de pétalas de cetim branco." (p. 12)

"Stella também amava o perfume da terra molhada que às vezes invadia o quintal. [...] Com a chuva, o jardim ficava pensando em florescer sem parar. Era um encanto ver a alegria do capim brincando com as tiriricas. [...] Mas bonito mesmo era acompanhar as borboletas." (p. 21)

"Tio Renzo contava que a vida das borboletas era muito curta e às vezes nem dava tempo pra elas se alimentarem. Era tão bom ficar olhando as asas baterem e depois pararem, imóveis, como bibelôs. [...] Quando suspensas, em bando, formavam um buquê de flores." (p. 22)

6. As borboletas aparecem em diversos momentos do livro. Como você interpreta o título *Borboletas na chuva*?

R.: _____

_____

_____

_____

_____

_____

_____

7. Os trechos são exemplos da linguagem poética presente na narrativa, que explora a conotação (linguagem figurada). Identifique e explique as figuras de linguagem aí presentes.

R.: _____

_____

_____

_____

_____

_____

_____

_____

_____

_____

4. Maria Marta tinha escolhido cuidadosamente o nome dos filhos: "Germano, ela explicava, vem do latim *germanus* e quer dizer 'irmão', 'filho do mesmo pai e da mesma mãe', 'verdadeiro', 'puro'." (p. 19).

a) Por que a narradora afirma: "Isso pra nós era um lero-lero sem tamanho" (p. 19)?

R.: _____

_____

b) Em certo momento, o comportamento de Germano muda. Explique essa mudança e cite o fato que marca seu início.

R.: _____

_____

_____

5. Não se sabe precisamente a data em que se passa a narrativa, porém é possível identificar que ela ocorreu no passado, há algumas décadas. Quais elementos permitem identificar isso?

R.: _____

_____

_____

Linguagem

Leia os trechos a seguir para responder às questões 6 e 7:

"Algumas borboletas vinham brincar de tobogã nas flores, principalmen-

se ou escola. Cada um escreverá uma crônica sobre uma pessoa ou um acontecimento marcante. Depois, vocês devem se reunir para "costurar" os textos, e escrever em conjunto um começo e um fim para o livro que formarão. É possível, também, montar um painel com as histórias, ou encaderná-las num livro. Essa "edição" pode conter fotos e desenhos.

■ Trabalho interdisciplinar

17. O circo é uma das formas de entretenimento da cidade onde se passa a história. Com a ajuda dos professores de História, Língua Portuguesa, Artes e Educação Física, desenvolva, junto com seus colegas, um projeto interdisciplinar sobre o circo. Primeiro, pesquisem suas origens e mudanças ao longo do tempo, bem como sua presença hoje em vários países. Em seguida, pesquisem o padrão estético do circo (cores, figurinos, principais formas de artes) e produzam peças (pinturas, desenhos, esculturas, roupas etc.) sobre o tema.

Para qualquer comunicação sobre a obra, entre em contato:

SARAIVA Educação S.A.
Avenida das Nações Unidas, 7.221 – Pinheiros
CEP 05425-902 – São Paulo – SP
www.coletivoleitor.com.br

Tel.: (0xx11) 4003-3061
atendimento@aticascipione.com.br

Escola: _____

Nome: _____

Ano: _____ Número: _____

Arquivo da ilustradora

Sobre a ilustradora

  Eu nasci em São Paulo, na Aclimação, um bairro próximo de um grande parque cheio de árvores enormes, um lago lindo e muitos bem-te-vis. Quando minha mãe levava meus irmãos e eu para brincar lá, eu me sentia no paraíso. Adorava ficar no balanço, respirando profundamente aquele ar com cheiro de terra úmida e folhas de eucalipto, escutando os mil pássaros cantando, conversando entre eles. Como é bom lembrar da infância, do nosso modo infantil de ver e sentir a vida... Ao ler este livro da Neusa Sorrenti para fazer as ilustrações, fiquei encantada com um texto tão delicado, com as lembranças de uma menina e seu universo tão rico e cheio de percepções. Foi um prazer fazer os desenhos!

Decidi ser ilustradora de livros aos sete anos. E aos dezessete resolvi de uma vez por todas mostrar minha arte por aí e começar logo a trabalhar com o que eu mais gostava. Fiz alguns desenhos meio que no estilo do Henfil, com nanquim, e mostrei a um dos editores de um grande jornal, a *Folha de S.Paulo*. Ele precisava de um desenho de meia página de jornal para um texto sobre Oscar Peterson, um pianista de *jazz* que viria ao Brasil. Fiquei bem feliz, mas absolutamente assustada, pensando que aquele homem devia ser louco. Logo de cara deixar uma garota inexperiente como eu ilustrar meia página do jornal! Tive três dias para entregar o trabalho. Foram três dias de pânico, mas no fim ficou bem legal. Acho que ele via que eu era capaz, embora eu ainda não acreditasse nisso. Os mais velhos sabem muitas coisas que nós, quando muito jovens, não conseguimos perceber.

Continuei ilustrando para esse jornal, depois para outros, e também para revistas, livros, muitos e muitos livros. Sempre lendo com um grande prazer os textos que as editoras me convidam para ilustrar. Gosto de me envolver de verdade: dou risada, choro, fico emocionada e aí, com uma lapiseira e papel sulfite, começo os primeiros traços, depois passo os desenhos para o computador com o *scanner* e os finalizo num *software*, usando texturas que faço com tinta acrílica e depois digitalizo. Tenho várias texturas para escolher e modificar do jeito que tiver vontade.

Hoje moro em Avaré, uma cidade do interior de São Paulo, realizando meu grande sonho de viver pertinho da natureza. Construí um canil com muito espaço para cachorros abandonados correrem e brincarem. Levo-os ao veterinário para vacinar, castrar e cuidar da saúde deles. Quando estão felizes e bonitões ficam aqui comigo, aguardando pessoas amorosas que nunca os abandonarão e que cuidarão deles como membros da família.

Lúcia Brandão